Die Kleinbahn

ISBN 3-924335-99-1

Herausgeber
Ingrid Zeunert

Lektorat
Wolfgang Zeunert

Fachmitarbeiter
Andreas Christopher, Eugen Landerer †,
Dr. Stefan Lueginger, Horst Prange,
Dieter Riehemann, Klaus-Joachim Schrader †,
Dr. Markus Strässle

Verlag Ingrid Zeunert
Postfach 1407, 38504 Gifhorn
Hindenburgstr. 15, 38518 Gifhorn
Telefon: (05371) 3542 • Fax: (05371) 15114
Email: webmaster@zeunert.de
Internet: www.zeunert.de

DIE KLEINBAHN
Erscheinungsweise: Ein bis zwei Bände jährlich.

Alle Rechte vorbehalten!
Copyright 2014 by Verlag Ingrid Zeunert
Alle veröffentlichten Beiträge sind urheberrechtlich geschützt. Übersetzung, Nachdruck von Text und Abbildungen, Vervielfältigung auf fotomechanischem oder ähnlichem Wege oder im Magnettonverfahren, Vortrag, Funk und Fernsehen sowie Speicherung in Datenverarbeitungsanlagen (auch auszugsweise) bleiben vorbehalten. Die in dieser Reihe veröffentlichten Beiträge stellen nicht unbedingt die Meinung der Herausgeberin oder des Lektorats dar. Für Manuskripte und Abbildungen keine Haftung. Der Verlag setzt bei allen Einsendungen von Text- und Bildbeiträgen voraus, daß die Autoren im Besitz der Veröffentlichungsrechte sind, auch gegenüber Dritten. Die Mitarbeit an der Buchreihe geschieht ehrenamtlich.
Alle Angaben ohne Gewähr. Eine Haftung von Autoren, des Verlages oder seiner von ihm Beauftragten ist für Personen-, Sach- und Vermögensschäden ausgeschlossen. Texte und Abbildungen werden zur Herstellung der Buchreihe in Datenanlagen gespeichert. Zeichnungen, Schaltungen und Konstruktionsbeschreibungen in dieser Reihe sind für Amateurzwecke bestimmt und dürfen gewerblich nicht genutzt werden.
Alle genannten Produkt- und Firmennamen sind eingetragene oder benutzte Warenzeichen der erwähnten Unternehmen und nicht frei verfügbar.

Gedruckt bei
Druckhaus Harms
Martin-Luther-Weg 1, 29393 Groß Oesingen

Titelbild:
NBE-Rail GmbH.
Diesellok 214 006 am 14.9.2012 in Plattling.
Foto: Christian Völk

Foto auf der letzten Umschlagseite:
SLB-Anschlußbahnbetrieb in Hallein
SLB-V 84 am 25.2.2014 mit einem Holzhackschnitzel-Zug vor dem MDF Werk. Im Hintergrund die Babensteine, zwei markante Felsen über Hallein, auf denen die Grenze zu Bayern verläuft. Foto: Gunter Mackinger

Güter- und Schlepptriebwagen
bei deutschen Kleinbahnen und Schmalspurbahnen
Von Dieter Riehemann
160 Seiten 140 x 170 mm, 78 Farb- und 218 SW-Fotos, fester Einband, EUR 28,00 + EUR 1,40 Versand.
Viele Fotos und die Beschreibung von verschiedenen Triebwagen vermitteln etwas von der Romantik, die einer Zugbildung Triebwagen mit Güterwagen auf Kleinbahnen zu eigen war.

DIE KEINBAHN im Internet:
www.zeunert.de

DIE FELDBAHN Band 13 Westdeutschland

Andreas Christopher

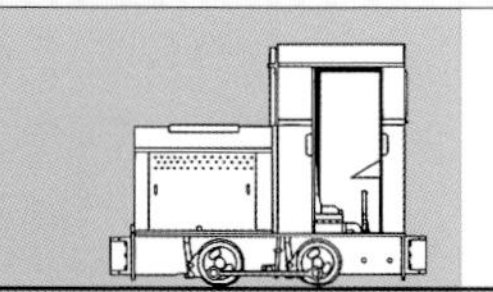

Die Feldbahn

Band 13

Westdeutschland

Ein KLEINBAHN-Buch

zeunert

Von Andreas Christopher

192 Seiten 170x240 mm, 277 Farbfotos, 21 SW-Fotos und 19 Streckenskizzen. EUR 29,50 (D) + Versand EUR 1,65 (D).

In diesem Buch werden 33 beispielhaft ausgewählte Feldbahnbetriebe aus 20 Einsatzgebieten vorgestellt, wobei auch auf überarbeitetes Material aus dem vor 25 Jahren erschienenen ersten Band dieser Reihe zurückgegriffen wurde. Weitere Betriebe sind zusätzlich aufgenommen worden. Entstanden ist ein völlig neues und überwiegend farbig illustriertes Buch.

Feldbahnen fand man in der Land- und Forstwirtschaft, bei den Holz-, Torf- und Ziegelindustrien, in Tonwerken, Bergbauunternehmen, Steinbrüchen, Sandwerken, auf Baustellen und in zahlreichen anderen Betrieben. Man kann nur staunen, für welche Zwecke und in was für einer Vielfalt Feldbahnen früher verwendet worden sind und zum Teil auch heute noch benötigt werden.

Von allen diesen Einsatzgebieten wird in diesem Buch auf 192 Seiten Umfang mit Texten, Loklisten sowie sage und schreibe 277 Farb- und 21 SW-Fotos ein repräsentativer Querschnitt durch das westdeutsche Feldbahnwesen geboten.

Postanschrift: Postfach 14 07, 38504 Gifhorn

Hausanschrift: Hindenburgstr. 15, 38518 Gifhorn

Telefon: (0 53 71) 35 42 • Telefax: (0 53 71) 1 51 14

E-Mail: webmaster@zeunert.de • Internet: www.zeunert.de

Ust-ID: DE115235456

Regionalbahnen und EVU in Deutschland

Abellio Rail Mitteldeutschland

Von Dezember 2015 an wird Abellio den Schienenpersonennahverkehr des Netzes Saale-Thüringen-Südharz (STS) in den Bundesländern Sachsen-Anhalt, Thüringen, Niedersachsen, Sachsen und Hessen für fünfzehn Jahre betreiben. Dafür wurde eine eigene regionale Gesellschaft im Verkehrsgebiet gegründet, die den Namen »Abellio Rail Mitteldeutschland« trägt. Der Verwaltungssitz soll in Halle/Saale und die Werkstatt in Sangershausen angesiedelt werden.

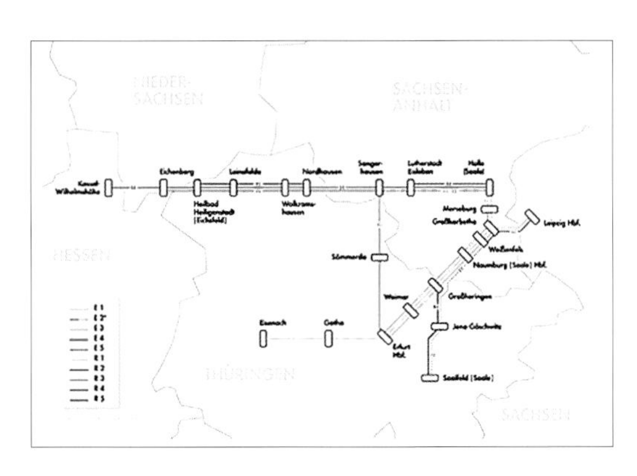

Abellio: *Streckenplan des Netzes Saale-Thüringen-Südharz.* *Skizze: Abellio Rail/pr.*

AKN-Eisenbahngesellschaft AG

AKN-Personalien

Nachdem Herrn Bernhard Müller Ende 2013 in den Ruhestand ging, rückte Herr Thomas Schimrock (43) mit Wirksamkeit zum 4.2.2014 als Prokurist nach. Er leitet die Abteilung Werkstätten und Fahrzeuge und gehört dem Unternehmen seit acht Jahren an. Weitere Proku-

AKN: *VTE 2.40 als Nt 1134 am 6.9.2013 bei Kaltenkirchen Süd.* *Foto: Heinz Werner Rehder*

AKN: *VTA 2.53 am 12.7.2012 zwischen Bad Bramstedt-Kurhaus und Lentföhrden.*

risten der AKN sind Herr Karl-Heinz Moje (54), Abteilungsleiter Bauwesen und Infrastruktur, und Herr Stefan Bagowsky (55), Abteilungsleiter Finanzen. *Christiane Lage/AKN/pr.*

AKN übernimmt Gleistrasse von der SEEHAFEN KIEL

Mit Beginn des Jahres 2014 hat die AKN Eisenbahn AG (AKN) im Rahmen eines langjährigen Vertrages einen Teil der Eisenbahninfrastruktur der SEEHAFEN KIEL GmbH & Co. KG (Seehafen) übernommen. Ab sofort ist die AKN für die Instandhaltung der Gleisanlagen und Haltepunkte sowie die Abwicklung des Betriebes auf der so genannten Schwentinebahn auf dem Abschnitt Kiel-Gaarden bis Kiel-Oppendorf verantwortlich. Hier verkehren u.a. die Güterzüge zum Kieler Ostuferhafen sowie zum Gemeinschaftskraftwerk und seit September 2013 einmal täglich ein Regionalzug der DB Regio AG vom Kieler Hauptbahnhof zum Haltepunkt »Schulen am Langsee«. Mit den Güterzügen werden sowohl Überseekohle, Forstprodukte als auch Altmetalle transportiert. Kerngeschäft ist der Weitertransport von im Hafen umgeschlagenen Containern und Trailern auf der Schiene. Der kombinierte Ladungsverkehr Schiene/Schiff gewinnt für den Hafen immer stärker an Bedeutung und wurde am 3.2.2014 durch eine zusätzliche Güterzugverbindung von Kiel-Ostuferhafen nach Duisburg-Ruhrort weiter ausgebaut.

Dr. Dirk Claus, Geschäftsführer der Seehafen Kiel GmbH & Co. KG: »Die Schwentinebahn ist heute und in Zukunft von entscheidender Bedeutung für die Hinterlandanbindung des Kieler Hafens auf der Schiene. Durch die Übertragung der Trasse auf die AKN werden wichtige Investitionen auf den Weg gebracht, die sowohl dem Güterverkehr als auch dem Schienenpersonennahverkehr zu Gute kommen«. Angestoßen wurde die Übernahme der Strecke durch das Land Schleswig-Holstein, vertreten durch die LVS Schleswig-Holstein Landesweite Verkehrsservicegesellschaft mbH, die den Nahverkehr auf der Schiene im Auftrag des Ministeriums für Wirtschaft, Verkehr, Technologie und Arbeit landesweit koordiniert. Die Übernahme dient der Vorbereitung auf die Ertüchtigung der Eisenbahnstrecke Kiel-Schönberger Strand, auf der der Personennahverkehr wieder aufgenommen werden soll. Sowohl mit den Vorplanungen hierfür als auch für die wei-

***AKN:** V 2.017 mit RBz 10820 am 6.9.2013 bei Kaltenkirchen Süd.* *Fotos (2): Heinz Werner Rehder*

teren Vorplanungen der Gesamtstrecke selbst wurde die AKN ebenfalls beauftragt. Mit der Übernahme der Strecke und in Vorbereitung auf die Ertüchtigung gehen einige technische Neuerungen einher: So wird die Strecke bspw. ein neues elektronisches Stellwerk (ESTW) erhalten, damit einhergehend eine neue Signaltechnik in Oppendorf sowie eine neue Sicherungstechnik der Bahnübergänge als Lichtzeichenanlagen mit Halbschranken. Die LVS plant zudem vorausblickend auf die Gesamtstrecke bis Schönberger Strand mit Ellerbek und Oppendorf zwei neue Haltepunkte einzurichten. Betriebsaufnahme auf der Strecke Kiel-Schönberger Strand ist für das Jahr 2016 geplant. Es werden dort Züge der DB Regio AG fahren.
Der Seehafen Kiel zählt zu den vielseitigsten und wirtschaftlichsten Häfen an der Ostsee. Seine günstige geografische Lage, durchgehend seeschiffstiefes Wasser und der direkte Anschluss an das Schienen- und Fernstraßennetz machen den Hafen für Güterumschlag und Passagierverkehr gleichermaßen attraktiv. Die SEEHAFEN KIEL GmbH & Co. KG betreibt den Kieler Handelshafen im öffentlichen Auftrag der Landeshauptstadt Kiel. Das Unternehmen ist Eigentümer von Kaianlagen und Terminals. *Christiane Lag/AKN/pr.*

AKN-Notizen

Am 11.3.2012 hatte der VT 3.07 der AKN (Indusi-Prüfzug) seinen letzten Einsatz. Wegen technischer Schäden wurde das Fahrzeug abgestellt. Eine erneute Aufarbeitung ist nicht vorgesehen.
Nach der Aufgabe des Güterverkehrs verblieb der AKN nur noch die Lok V 2.017. Sie wurde zum Bw Kaltenkirchen versetzt und ist für Dienstzwecke vorgesehen, wird aber auch in Sonderverkehren eingesetzt. Am 15.03.2012 überführte sie zwei Res-Wagen nach Kaltenkirchen und brachte die defekte V 02 der CFL (Betrieb Uetersen) mit. Im September 2013 fuhr die AKN mit der V 2.017 Leistungen für die DB. Vom Aw Neumünster wurden instand gesetzte Personenwagen über die AKN Strecke zum Bahnhof Hamburg-Langenfelde überführt.
Am 7.8.2012 fuhren die Verkehrsbetriebe Peine-Salzfitter (VPS) letztmalig Düngerganzzüge, unter anderem auch auf der AKN-Strecke Hamburg-Bergedorf - Geesthacht. Diese Leistungen gingen an ein anderes EVU.
Im September 2013 fuhr die Firma Rhein-Car-

Oben AKN/Rhein Cargo: *Rhein Cargo DH 721 mit Gz 92600 am 23.9.2013 nahe Kaltenkirchen Süd.*
Mitte AKN/DB-Schenker: *DB-»Gravita« 261 331 mit Gz EK 53440 am 17.7.2012 beim Bahnübergang Schmalfelder Straße in Lentföhrden.*
Unten Geesthachter Eb.: *Lok 350 mit Zug P15 am 28.4.2013 bei der Ausfahrt aus Lentföhrden (zwischen Bad Bramstedt und Kaltenkirchen).*

Fotos (3): Heinz Werner Rehder

go (ein Zusammenschluss aus HGK und Neuss - Düsseldorfer Häfen) Braunkohlenstaubzüge über die AKN-Stammstrecke. Der Grund waren Bauarbeiten mit Gleissperrungen zwischen Hamburg und Elmshorn.
Der planmäßige Güterverkehr bei der AKN wird nach wie vor von DB Schenker Rail AG durchgeführt.
Zu Gast in der AKN Betriebswerkstatt waren wieder Fahrzeuge der EVU Spitzke Logistik GmbH, EVB, MWB, northrail und die DH 721 der Rhein Cargo. Die EVB-Loks V 1354 und V 2101 waren vorher MWB-Loks.
Am 28.4.2013 fuhren auf der AKN-Stammstrecke auf dem Streckenabschnitt (Kaltenkirchen-) Lentföhrden-Großenaspe Dampfzüge der Arge Geesthachter Eisenbahn. *Heinz Werner Rehder*

AKN (Hamburg-Billbrook)

Auch bei der Güter- und Industriebahn (GIB) ex Bergedorf-Geesthachter Eisenbahn (BGE) war im Herbst 2013 kaum Betrieb. Die wenigen

AKN: *Lok 2.017 am 15.3.2012 mit der defekten CFL 02-2 und Arbeitswagen vor Kaltenkirchen Süd.*

VPS: *Dieselloks 1703 und 1706 am 7.8.2012 in Geesthacht.* *Fotos (2): Heinz Werner Rehder*

Güter- und Industriebahn (GIB) Hamburg-Billbrook: *Ehemaliger Rangierbezirk 8 Tiefstack-Kanalbrücke zum Stammgleis Mühlenhagen, der 2004 aufgegeben wurde Das stimmungsvolle Bild erinnert an die einst vielfach auf Straßen vorhandenen Gleise.* *Foto: Wolfgang Quolke*

Bedienfahrten fanden meistens im Bereich Andreas-Meier- Straße hauptsächlich zum Salzgitter Stahlhandel (mit eigenem Zwei-Wege-Unimog zum Rangieren der Waggons) sowie zu einem weiterer Stahlhandel statt. Auch in der Grusonstraße wird ein Stahlhandel unregelmäßig bedient.

In der ehemaligen Güterabfertigung der AKN in der Grusonstraße (Nutzung durch die Güterverkehr Hamburg-Holstein, die auch für die AKN den bahnamtlichen Rollfuhrverkehr durchführt) werden unregelmäßig ein bis zwei Schiebewandwaggons

Güter- und Industriebahn (GIB) Hamburg-Billbrook: *Diesellok der BR 215 von Bahnbau Lüneburg (BBL) im Juli 2013 mit Schrottzug von der Braaker Mühle auf dem Stammgleis Pinkertweg, das jetzt Übergabe zur AKN Hamburg-Tiefstack ist.* *Foto: Wolfgang Quolke*

zugestellt. Ferner erhält die Fa. Tudapetrol in der Halskestraße unregelmäßig Kesselwaggons mit Mineralölen. *Wolfgang Quolke*

AKN (Glinde)

Auf dem Streckenteil nach Glinde (Reststück der ehemaligen Südstormarnschen Kreisbahn nach Trittau) gab es im Herbst 2013 auf dem Reststück bis Glinde mehrmals in der Woche Güterverkehr zum Gelände der Fa. Braaker Mühle Dienstleistung - Handelsgesellschaft (ehem. Fa. Koops), die sich mit der Aufbereitung von alten Bahnmaterialien wie Schotter, Bahnschwellen, Beton und dergleichen beschäftigt. Die Strecke wurde 2010 an die Firma Braaker Mühle verkauft. Die Betriebsführung liegt zur Zeit noch bei der AKN. Es werden Züge mit Loks von DB-Schenker als auch von anderen EVU gefahren. *Wolfgang Quolke*

Albtal-Verkehrs-Gesellschaft (AVG

Stadtbahn Heilbronn Nord

Die Stadtbahn Heilbronn-Nord ist die Erweiterung der bestehenden Stadtbahn um und durch Heilbronn nach Norden in Richtung Neckarsulm, Gundelsheim, Mosbach, Sinsheim und Bad Friedrichshall.

Der neue Streckenabschnitt wird Heilbronn als Oberzentrum der Region Heilbronn-Franken mit dem Rhein-Main-Neckar-Raum verbinden. Auf der Neubaustrecke fährt ab dem offiziellen Fahrplanwechsel am 15.12.2013 die neue Linie S42. Dazu wurde in Heilbronn ab der Haltestelle »Harmonie« eine komplett neue Straßenbahntrasse mit neuen Haltestellen gebaut. Die »Allee« wurde in eine einladende Pracht- und Flaniermeile verwandelt.

In einem ersten Schritt pendelt die neue Linie S42 zwischen Heilbronn Hauptbahnhof über die Haltestelle »Harmonie« bis Neckarsulm Bahnhof. Dort besteht für die Fahrgäste Anschluss an die Regionalbahn der DB in Richtung Mosbach-Neckarelz.

Nach Zulassung der neu beschafften Zweisystemfahrzeuge EZ 2010 durch das Eisenbahn Bundesamt (EBA) wird die S-Bahn in Richtung Mosbach und Sinsheim (Elsenz) erweitert. Dann verkehren die Züge ab Neckarsulm auf der DB-Strecke, was für die Fahrgäste umsteigefrei möglich sein wird, denn die neuen Züge

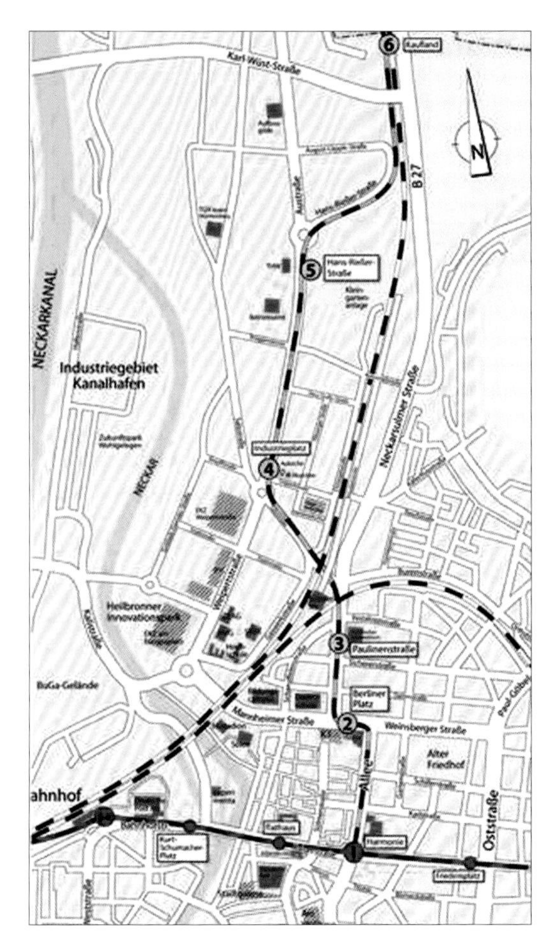

***AVG:** Die durch Heilbronn führende Stadtbahnstrecke S4 (rot) wurde nach Norden Richtung Mosbach und Sinsheim durch die »Stadtbahn Heilbronn Nord« (grün) ergänzt. Sie zweigt in der Stadtmitte von Heilbronn an der »Harmonie« (auf dem Plan unten rechts) nach Norden ab.*

Kartenskizze: Stadtwerke Heilbronn/pr.

können sowohl im innerstädtischen Straßenbahnbetrieb, als auch auf der Eisenbahnstrecke fahren.

Wegen der noch nicht erfolgten Zulassung der neuen Zweisystemzüge durch das Eisenbahn-Bundesamt (EBA) wird die neue Strecke Heilbronn-Neckarsulm zunächst nach der Betriebsordnung Straßenbahn (BOStrab) befahren.

Triebfahrzeugmangel

Da die von der Saarbahn gemieteten Stadtbahnzüge zurückgegeben werden müssen, hat die AVG einen vorübergehenden Mange

***BOB:** Meridian-ET 322 als Zug M79015 am 17.12.2013 in München Ost.* *Foto: Christian Völk*

an Triebwagen. Ersatzweise sollen daher auf der S9 (Bruchsal-Mühlacker) vorübergehend gemietete RegioShuttle - Dieseltriebwagen zum Einsatz kommen.

Bayerische Oberlandbahn GmbH - Meridian -

Zum Fahrplanwechsel 15.12.2013 hat die Bayerische Oberlandbahn GmbH (BOB) unter dem Markennamen »Meridian« den Regionalverkehr auf den DB-Strecken München-Rosenheim-Salzburg, Rosenheim-Kufstein und München-Holzkirchen-Rosenheim von der DB übernommen.
Diese Verkehrsleistungen hatte die Bayerische Eisenbahn-Gesellschaft (BEG) am 15. April 2010 ausgeschrieben. Am 9. Dezember 2010 fiel der Zuschlag zugunsten von Veolia Verkehr bzw. deren Tochtergesellschaft BOB. Beim Schweizer Schienenfahrzeughersteller Stadler wurden für den Meridian 35 Elektrotriebwagen des Typs FLIRT 3 bestellt. Diese Flotte teilt sich in 28 sechsteilige (Länge 107 m, 333 Sitzplätze) und 7 dreiteilige (Länge 59 m, 158 Sitzplätze) Züge auf. Mit diesen Neubaufahrzeugen sollte ab Fahrplanwechsel ein erheblich erweitertes Angebot auf dem genannten Streckennetz bestritten werden. Doch leider kam es anders.
Zunächst verzögerte sich die Fahrzeugzulassung seitens des Eisenbahn-Bundesamt (EBA), die schließlich doch noch zwei Tage vor Betriebsstart erteilt wurde. Zu diesem Zeitpunkt waren allerdings erst 15 der 35 Züge ausgeliefert, und auch diese waren nicht vollzählig einsatzfähig.
Daher wurde ein bis Anfang Februar 2014 befristeter Ersatzfahrplan erarbeitet, der die Fahrleistungen erst mal in etwa auf das bisherige Niveau beschränkte. Außerdem wurden von verschiedenen Bahnverwaltungen folgende Ersatzfahrzeuge ausgeliehen:
- Drei DB-Nahverkehrszüge mit je zwei E-Loks der Baureihe 111 (Einsatz München - Salzburg).
- Zwei S-Bahn-Triebwagen der DB Baureihe 423 (Einsatz München-Deisenhofen).
- Zwei ÖBB City Shuttle-Wagenzüge mit je zwei E-Loks der Reihe 1142 (Einsatz München-Salzburg).
- Ein Doppelstock-Triebwagen der ODEG (Ein-

Bayerische Oberlandbahn - Meridian -

Oben: *DB-Ellok 111 005 am 17.12.2013 vor Zug M79020 in München Ost. Die Leihfahrzeuge im Meridian-Netz tragen an den Stirnfronten einen Aufkleber mit dem Hinweis: »Dieser Zug ist ein Angebot von Meridian«.*

Mitte: *Wendezug der Nord-Ostsee - Bahn (NOB) am 17.12.2013 als Zug M79014 in München Süd.*

Unten: *VT 0010 der Ostseeland Verkehr (OLA) am 17.12.2013 in München Ost.*

Fotos (3): Christian Völk

satz München-Salzburg).

- Sieben Dieseltriebwagen der Vogtlandbahn vom Typ Desiro (Einsatz Holzkirchen-Rosenheim) .
- Sieben Dieseltriebwagen von Ostseeland-Verkehr des Typs Talent (Einsatz München-Salzburg/Kufstein).
- Eine Wendezuggarnitur der Nord-Ostsee-Bahn bespannt mit E-Lok des Typs ES 64 U2 von Dispolok (Reserve).
- Ein Doppelstock-Zug von Metronom bespannt mit zwei Loks des Typs ES 64 U2 von Dispolok (Einsatz München- Kufstein).

Trotz dieser weitreichenden Bemühungen verlief der Start nicht gerade glatt. Verspätungen und auch Zugausfälle waren zu beklagen. Ein Grund dafür war sicherlich, dass das neu eingestellte Personal nicht mit einer einheitlichen Flotte neuer Züge sondern mit einer Vielzahl teils schon betagter Fahrzeugtypen zu

BOB: *Meridian-Wendezug mit ÖBB 1142.636 und 655 auf der Freilassinger Saalachbrücke.*

BOB: *Meridian-ET 312 + 313 am 15.12.2013, dem Ersttag im Personenverkehr, auf der Grenzbrücke Deutschland-Österreich über die Saalach.* *Fotos (2): Philipp Mackinger*

***BOB:** ODEG-Doppelstock-ET 445 102 am 9.1.2014 als Meridian-Zug M79012 in München Ost.*

tun hatte. Die fortlaufende Auslieferung weiterer FLIRT-Züge ermöglichte es Anfang Januar u.a. die Einsätze der besonders störungsanfälligen City Shuttle Züge zu reduzieren. Auch die nun wachsende Routine des Personals wirkte sich zunehmend positiv auf die Pünktlichkeit aus.

Nachdem am 2.2.014 beendeten Ersatzfahrplan steigt der Fahrzeugbedarf nochmal deutlich an. Da sich die Auslieferung der FLIRT 3-Triebwagen noch bis voraussichtlich Mai 2014 erstrecken dürfte, wird man auf die Leihfahrzeuge noch nicht so schnell verzichten können.

Das Unternehmen wird sich darüber hinaus noch etwas länger mit einem weiteren Provisorium herumschlagen müssen. Ein im Raum München geplantes Betriebswerk ist noch nicht einmal im Bau. Die Triebwagen werden vorerst bei Agilis in Regensburg ewartet. Kleinere Arbeiten können auch im ehemaligen Bundesbahn-Betriebswerk Freilassing ausgeführt werden.

Christian Völk

***BOB:** Der Triebwagenzug ET 322 war einer der fünfzehn Original-Meridian-Züge, die schon zur Betriebseröffnug am 15.12.2013 zur Verfügung standen.* *Fotos (2): Christian Völk*

Stadtwerke Bitburg/Eifel
Oben: *Links der nicht benutzte Gleisanschluss der Brauerei und rechts das auch ungenutzte Gleis zum Flughafen.*
Mitte: *RSE-VT 25 am 5.10.2013 in Bitburg-Stadt. Links das Ladegleis der RWE.*
Unten: *RSE-VT 25 in Bitburg-Stadt vor einer großen Brauerei (»Bitte ein Bit!«), deren Gleisanschluss brach liegt.*
Fotos (3) Rainer Fuchs

Stadtwerke Bitburg

Die Stadtwerke Bitburg betreiben die 6,2 km lange Eisenbahnstrecke Bitburg-Erdorf – Bitburg-Stadt. Es ist der Rest der ehemaligen Bahn über Wolfsfeld nach Igel West. Leider findet außer einem Pendelzugbetrieb an einem Sonntag im Rahmen der Aktion »Kylltal Aktiv« kein regelmäßiger Verkehr statt. Der nächste Plantag ist der 20. Juli 2014.
Am 5.10.2013 besuchte aber der Freundeskreis der Rhein-Sieg-Eisenbahn (FRSE) mit einem Sonderzug aus Bonn-Beuel die Strecke. Damit gab es 2013 nach langer Zeit mal wieder an zwei Tagen Züge auf dieser südlichsten Eifelstrecke. *Rainer Fuchs*

ehemalige Buxtehude-Harsefelder Eisenbahn

Was bereits in DIE KLEINBAHN Band 24 angedeutet wurde, ist mittlerweile Wirklichkeit geworden. Bei meinem Besuch im Oktober 2013 in Harsefeld Süd war von dem Bahnhofsgebäu-

***HUSA Transportation:** 275 807 am 9.5.2013 in Neustadt/Donau.* *Foto: Rudolf Schneider*

de nichts mehr vorhanden. Auf dem Gelände steht jetzt ein Erweiterungsbau vom Gartenmarkt der Stader Saatzucht. Die ehemalige Ladestraße war schon vor einigen Jahren von der Saatzucht als Lagerplatz genutzt worden.

Das Gleis I ist bis auf die Weiche zum ehem. Übergabegleis zum DB-Bahnhof abgebaut. Es liegt aber noch als Rangiergleis für die Fahrten zum Lokschuppen, wo u.a. der WUMAG VT 175 untergestellt ist, den die Buxtehude-Harsefelder Eisenbahnfreunde nutzen. Eigentümer des Triebwagens ist jedoch die Eisenbahn und Verkehrsbetriebe Elbe-Weser. Das Gleis 2 (Ladestraße) ist auch bis zur Weiche zum Gleis 3 komplett abgebaut. Gleis 3 war das Ladegleis für die Rückseite der Lagerhalle der Stader Saatzucht. Auch im Gewerbegebiet Weißenfelde rosten die Gleise vor sich hin. Das ehemalige Streckengleis nach Buxtehude Süd ist seit der Anbindung an das Gleis zum DB-Bahnhof zum Anschlussgleis zurückgebaut. Die Fa. Cordes (Flurforderzubehör) ist ohne Verkehr. Das Ilolzimprägnierwerk Dammann ist nicht mehr vorhanden.

Vor dem Lokschuppen auf einem Gleisstück

***EVB (ehem. Buxtehude-Harselfelder Eisenbahn):** Der Rest von Gleis 1 im Bf. Harsefeld Süd.* *Foto (1.10.2013): Wolfgang Quolke*

LOCON: *Lok 401 am 9.9.2011 im Geländes des ehem. Bw Nordhausen.* *Foto: Dr. Stefan Lueginger*

steht die kleine Diesellok 224 (Deutz, F.Nr. 55534) zusammen mit einen ex DB Güterzuggepäckwagen (Pwghs). Die Deutz-Lok hatte den Rangierbetrieb zum Anschluss Nudelfabrik Birkel bei km 0.35 gleich hinter dem EG Buxtehude Süd und bei km 1,053 zum Verteilerlager VIVO der Fa. Diesel (Lebensmittelvertrieb) erledigt.
Wolfgang Quolke

Erms-Neckar-Bahn AG (ENAG)

Die ENAG hat am 11.11.2013 die etwa 17 km lange **Nebenbahn Neckarbischofheim Nord-Hüffenhardt** vom Rhein-Neckar-Kreis, vom Neckar-Odenwald-Kreis und vom Landkreis Heilbronn sowie von den Anliegergemeinden Neckarbischofsheim, Waibstadt, Bad Rappenau, Siegelsbach und Hüffenhardt für den Kaufpreis und von einem Euro übernommen. Von Mai bis Oktober wird es an Sonn- und Feuertagen wieder regelmäßig Ausflugsverkehr geben. Die Nahverkehrsgesellschaft Baden-Württemberg (NVBW) bestellt den Ausflugsverkehr. EVU ist die Pfalzbahn GmbH, Frankenthal. Für den Betrieb der Infrastruktur gewähren die Gebietskörperschaften längs der Strecke einen jährlichen Zuschuss von EUR 70.000,00.

Hafenbahn der Hamburg Port Authority (HPA)

Auf den Gleisen der Hamburger Hafenbahn sind einhundert Eisenbahnverkehrsunternehmen unterwegs. Dies stellt einen Rekord in der 146-jährigen Geschichte der Hafenbahn dar. Die 100 EVU bieten unterschiedliche Dienstleistungen im Schienengüterverkehr des Hafens an. Sie transportieren die Güter aus dem Hafen zu Empfängern in ganz Europa und bringen die Exportgüter aus ganz Europa bis an die Kaikante im Hafen. Im Netz der Hafenbahn stellen sie die Züge zusammen und organisieren die dafür notwendigen Rangierfahrten zwischen den verschiedenen Hafenbahnhöfen. Damit alles reibungslos von statten geht, prüfen Sie den Ladungszustand und den technischen Zustand der Waggons. »100 Eisenbahnverkehrsunternehmen im Hamburger Hafen zeigen, dass die Attraktivität des Hafens

Hafenbahn der Hamburg Port Authority (HPA)
Oben:
Das erneuerte Gleis zum Betriebshof auf einem Bild vom 26.10.2013.
Mitte:
Anschlußgleis Waltershof-Finkenwerder (Airbuswerk). Früheres Rangierumsetzgleis. Links war das Anschlußgleis zur ehemaligen Deutschen Werft, das 1998 abgebaut wurde..
Unten:
Flutschutztor im Anschlussgleis Airbus.
Fotos (3): Wolfgang Quolke

für den Markt ungebrochen ist. Hamburg ist und bleibt Europas Eisenbahnhafen Nummer 1«, so Harald Kreft, Mitglied der HPA-Geschäftsleitung und Leiter der Hafenbahn.
Die HPA hat in den vergangenen Jahren in großem Umfang in die Erneuerung und Modernisierung der Gleisinfrastruktur investiert und damit die Voraussetzungen für weiteres Wachstum geschaffen. Seit 2008 sind rund 160 Millionen EURO in die Instandsetzung und Modernisierung des Hafenbahnnetzes geflossen. Das Hafenbahnnetz verfügt daher über hohe technische Standards. Um weiteres Wachstum aufnehmen und abwickeln zu können, müssen die Abläufe in der Bahnproduktion jedoch in Zukunft noch effizienter werden. Als Infrastrukturdienstleister für den Bahnverkehr schafft die HPA hierfür ebenfalls die Voraussetzungen und baut stufen-

METRANS: *Containerterminal Tollerort im Hamburger Hafen.* *Foto: METRANS/pr.*

weise das neue Bahn-IT-System TransPORT Rail auf.
Die Hamburger Hafenbahn ist ein Unternehmensbereich der Hamburg Port Authority (HPA). Ihr Netz umfasst ca. 300 Kilometer Gleise und etwa 850 Weichen. Etwa 110 Kilometer des Gleisnetzes sind elektrifiziert. Im Hamburger Hafen erschließt die Hafenbahn mehr als 170 Gleisanschlüsse von Umschlags-, Logistik-, und Hafenindustriebetrieben.
An einem Werktag verkehren im Hamburger Hafen etwa 200 Güterzüge mit über 5000 Wagen. Insgesamt nutzen 100 Eisenbahnverkehrsunternehmen die Gleise der Hafenbahn, auf der 2011 schon 41,9 Millionen Tonnen Güter transportiert worden sind.

Alexander Schwertner/HPA/pr.

Gmeinder Lokomotiven GmbH.

Die Zagro GmbH kaufte 2012 die insolvente Lokfabrik Gmeinder in Mosbach. Auf dem etwa zwei Hektar großen Firmengelände sind 2013 umfangreiche Sanierungsarbeiten durchgeführt worden. Die Umbauten der 90 m langen und 60 m breiten Fabrikhallen sind praktisch Neubauten geworden. Dazu gehörten Dämmung der Außenfassaden, Erneuerung der gesamten Fensterflächen durch Isolierglas, Einbau von Schnelllauftoren, Austausch der gesamten Jetdächer mit Asbestverkleidung durch eine energetisch leistungsfähigere neue Dachhaut, Umstellung von Heizöl auf sauberes Erdgas und die zukünftige ausschließliche Verwendung von Strom aus erneuerbaren Energien. Darüber hinaus entstanden etwa 350 qm Büroflächen und ca. 200 qm Sozialräume neu in den Werkshallen. Die Außenfassade ist mit einer Metallhaut verkleidet worden. Die Freiflächen wurden neu gestaltet.
Dem Vernehmen nach ist die Auftragslage stabilisiert, was sowohl den Neubaubereich als auch bei Reparaturen und Modernisierungen betrifft. Die neue Lokfamilie »Evolution« mit neuem Hybridantrieb ist in der Entwicklung.

Logistik auf Schienen (LaS)

In Band 27 sind auf Seite 28 in den beiden oberen Bildunterschriften zwei Setzfehler ent-

METRANS: *Containerzugug im Elbsandsteingebirge auf dem Weg nach Prag.* *Foto: METRANS/pr.*

halten. Die Die-Lei-Lok hat die Betriebsnummer 203 005 (falsch war 203 205). Logistik auf Schienen hat die Lok mittlerweile erworben.

METRANS

Die METRANS Muttergesellschaft HHLA hat in den ersten neun Monaten des Geschäftsjahres 2013 ihr Intermodalnetzwerk im europäischen Hinterland erfolgreich ausgebaut. So erweiterte die Bahngesellschaft METRANS ihr Angebot für Deutschland und Österreich. Seit Oktober 2013 fährt METRANS dreimal wöchentlich zwischen den deutschen Seehäfen und Basel. Damit bietet METRANS erstmals auch Verkehre mit der Schweiz an. Die HHLA-Bahngesellschaft Polzug erweiterte ihr Netzwerk um neue Verbindungen mit den polnischen Seehäfen. Die zuletzt neu in Betrieb genommenen Hub-Terminals in Ceska Trebova (2013) und Posen (2011) verzeichneten eine kräftige Zunahme des Umschlagvolumens. Damit bestätigt sich die Strategie einer höheren Wertschöpfungs- und Produktionstiefe mit eigenen Anlagen.
Die Rangierarbeiten werden in Hamburg von METRANS jetzt selbst durchgeführt. Dafür stehen derzeit vier Leihloks zur Verfügung:
NBE Rail-Diesellok 212058 (MaK 1963/1000194)
NBE Rail-Diesellok 212256 (MaK 1965/1000303)
Northrail-Lok 273 019 (MaK 1991/1000853; Typ G1203BB)
Northrail-Lok 650 116 (Vossloh 2013/5102067; Typ G 6)
Die Hamburger Container- und Chassis-Reparatur-Gesellschaft (HCCR), eine HHLA-Tochter, bietet ihren Kunden in Kooperation mit der METRANS seit neuestem an, Leercontainer direkt in ihrem Leercontainer-Depot am Altenwerder Damm in Hamburg auf Züge der METRANS zu verladen. Die Container werden anschließend auf METRANS-Zügen an ihren Bestimmungsort im Hinterland gebracht. Damit werden kostspielige und umweltbelastende Lkw-Umfuhren von Leercontainern in den östlichen Hafenbereich überflüssig. Dieses Angebot gilt für die METRANS-Relationen in Deutschland und der Schweiz: München, Nürnberg, Leipzig, Ludwigshafen und Basel. Als erster Kunde nutzte die Hamburger Reederei Hamburg Süd das Angebot. Sie fuhr Ende

Dezember 2013 ihren ersten Ganzzug aus dem HCCR-Depot.
Bei den 1.300 eigenen Containertragwagen hatte man schon vor Jahren die Waggonkonstruktion optimiert. Martin Hořínek, COO bei METRANS, erzählt: »Unsere Idee war: Wir brauchen für die Konstruktion nicht so viel schweres Eisen, und die Waggons müssen nicht länger als unbedingt nötig sein.« Aber Martin Hořínek und seine Kollegen waren noch nicht

***METRANS:** Ende Dezember 2013 verliess der erste Containerzug das HCCR-Container-Leerdepot am Altenwerder Damm in Hamburg.*
Foto: METRANS/pr.

ganz zufrieden. In Zusammenarbeit mit dem slowakischen Hersteller Tatravagónka Poprad (TAPO) wurden neue Tragwagen mit deutlich besseren Fahreigenschaften entwickelt. Jetzt passen auf die METRANS-Züge bei der in Osteuropa üblichen Maximallänge von 610 Metern noch vier Container mehr, nämlich 92. In Westeuropa dürfen die Züge 720 Meter lang sein, deshalb können auf 27 Tragwagen bis zu 108 Container bewegt werden. Außerdem passen sie für alle Containergrößen. Ob 45 Fuß oder andere Varianten mit 24, 26 oder 30 Fuß können jetzt immer optimal auf dem Waggon verteilt werden. Die Tragwagen sind jetzt 30 % leichter als das herkömmliche Equipment der europäischen Staatsbahnen. Sie haben 28 bis 29 Tonnen Eigengewicht, und schon die erste Generation der METRANS-Tragwagen war mit nur 25 Tonnen zehn Prozent leichter. Jetzt wiegen sie nur noch 21,5 Tonnen. Bei einem in Deutschland eingesetzten Ganzzug mit 27 Waggons spart METRANS so 190 Tonnen Leergewicht. Das reduziert den Energieeinsatz. Bei den lärmreduzierte Bremsen wird statt Gusseisen jetzt ein Kompositmaterial für die Bremsklötze verwendet, um die Rad-Schiene-Geräusche zu minimieren. Übrigens gilt das für den gesamten Geschwindigkeitsbereich, nicht nur für das Bremsen. Diese sogenannte »K-Sohle« wird auch bei alten Waggons im eigenen Ausbesserungswerk nachgerüstet,, das die Tragwagen bestens in Schuss hält. Unabhängig davon hat METRANS bereits den Beschluss gefasst, 600 weitere Tragwagen anzuschaffen, von denen 300 gekauft und 300 langfristig gemietet werden.
METRANS hat von Rail Professionals Stütz (RPS) in Österreich achtzig Prozent Anteile übernommen. Herr Mag. Stütz, der bisherige Alleininhaber, bleibt Geschäftsführer und mit 20 % Gesellschafter des jetzt als METRANS Railprofi Austria firmierenden Eisenbahn-Verkehrs-Unternehmens in Krems an der Donau.

METRANS/pr.

Kreisbahn Mansfelder Land (KML)

DB-Regio hat die Ausschreibung gewonnen, nach der von Dezember 2013 bis Dezember 2018 weiterhin Personenverkehr auf der Strecke Klostermanfeld-Wippra durchgeführt wird. Der Vertrag kann vom Land Sachsen-Anhalt im Dezember 2015 vorzeitig gekündigt werden, wenn die Fahrgastzahlen so weit gesunken sein sollten, dass ein Weiterbetrieb nicht mehr tragbar ist. Die Kreisbahn Mansfelder Land erhielt wie bisher den Auftrag zur weiteren Durchführung des Zugbetriebes.

nordbahn (NBE)

Die nordbahn expandiert und nimmt im Dezember 2014 zwei weitere Linien (Hamburg-Itzehoe und Hamburg-Altona – Wrist) in Betrieb. Gewonnen wurden die Regionalbahnlinien in einem europaweiten Ausschreibungsverfahren um das sogenannte »Netz Mitte«. Auf diesen insgesamt 94 Streckenkilometern sind täglich 12.000 Fahrgäste unterwegs. Um so viele

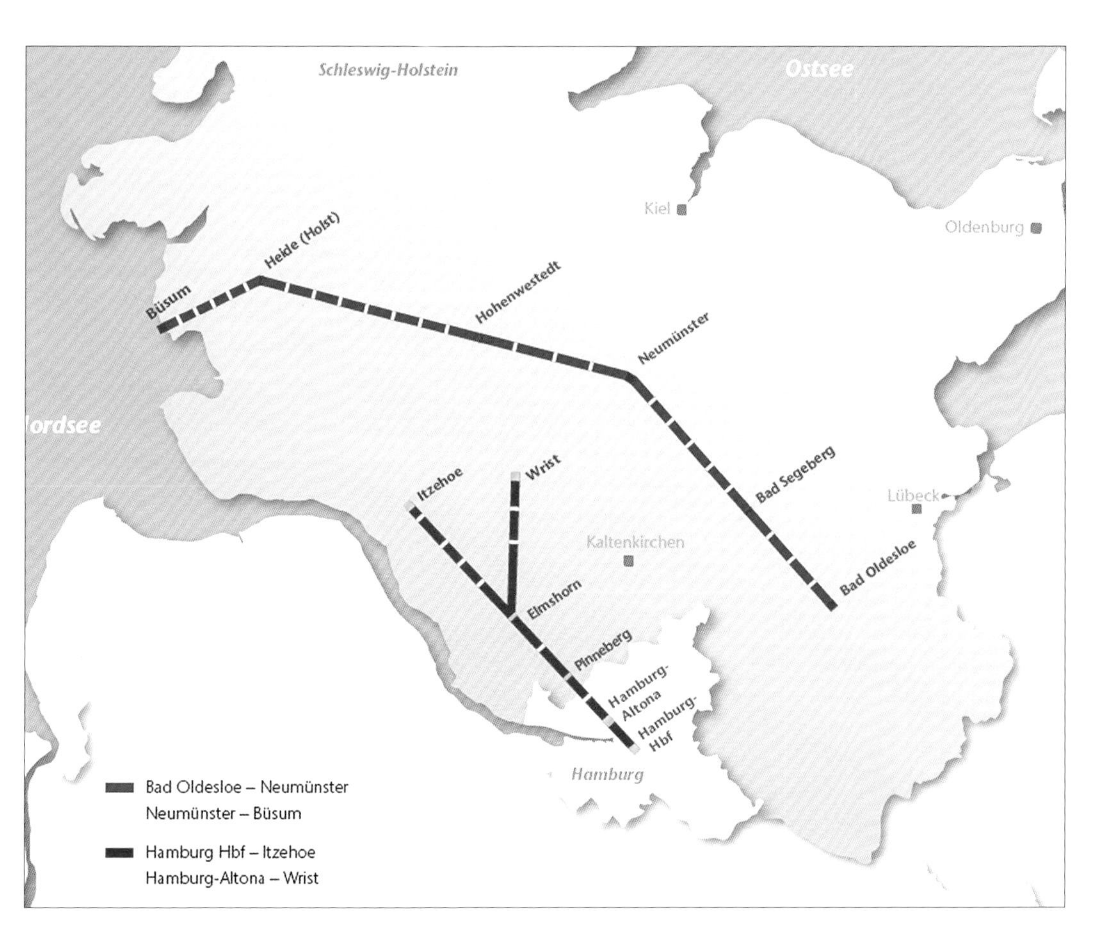

***nbe nordbahn:** Streckennetz.* *Skizze: nbe/pr.*

Menschen reibungslos zu ihrem Ziel zu bringen, werden 15 fünf- und sechsteilige Elektrotriebwagen des Typs FLIRT beschafft. Für die Instandhaltung der Fahrzeuge wird derzeit eine Betriebswerkstatt direkt gegenüber der S-Bahn Haltestelle Hamburg-Tiefstack gebaut. Die nordbahn wird hier nach Fertigstellung im Herbst 2014 über zwei Werkstattgleise sowie ein zusätzliches Waschgleis mit eingehauster Außenreinigungsanlage und WC-Ver- und Entsorgungsanlage verfügen.
In dem angrenzenden Sozial- und Verwaltungsgebäude für die künftigen Werkstattmitarbeiter befindet sich neben den Werkstätten auch ein Verschieberegallager mit Ersatzteilen für eine schnelle Mängelbeseitigung. *NBE/pr.*

Mitsui Rail Capital Europe B.V. (MRCE)

In DK 27 (S. 21) wurde berichtet, dass MRCE mit der 193 850 die erste von 15 bestellten Elloks vom neuen Siemens-Typ »Vectron« erhalten hat. Inzwischen sind bei MRCE sechs dieser Lokomotiven verfügbar:
193 850 (Siemens 2013/21824)
193 851 (Siemens 2013/21827)
193 852 (Siemens 2013/21842)
193 870 (Siemens 2013/21833)
193 871 (Siemens 2013/21834)
193 872 (Siemens 2013/21836)

NEB Betriebsgesellschaft mbH (NBE)

Die Niederbarnimer Eisenbahn (NEB) fährt Personenverkehr derzeit auf der 47 Kilometer langen Strecke zwischen Berlin-Karow und Groß Schönebeck/Wensickendorf (RB27) sowie auf der 87 Kilometer langen Strecke zwischen Berlin-Lichtenberg und dem polnischen Kostrzyn (RB26). Nun hat die NBE hat am

24.9.2013 auf der internationalen Messe für Schienenwesen TRAKO in Danzig (der größten Messe der Bahnindustrie in Polen) mit dem Eisenbahnfahrzeughersteller PESA, Bydgoszcz (Bromberg), den Kaufvertrag für sieben zweiteilige und zwei dreiteilige neue Dieseltriebwagen des Typs PESA-LINK unterzeichnet. Das war für die NEB ein wichtiger Schritt in Vorbereitung auf die Betriebsaufnahme der Strecken des Ostbrandenburgnetzes. Insgesamt handelt es sich um ein Investitionsvolumen von 27 Millionen Euro.

Die modernen, zweiteiligen dieselmechanischen Triebwagen verfügen über je 140 Sitzplätze, Stellplätze für zwei Elektrorollstühle bzw. Kinderwagen sowie 12 Fahrradstellplätze. Die beiden dreiteiligen Fahrzeuge bieten 200 Sitzplätze und haben ebenfalls Platz für zwei Elektrorollstühle, bieten jedoch 24 Fahrradstellplätze. Zwei MTU Dieselmotoren (Euro IIIB Norm) beschleunigen die Triebwagen auf eine Spitzengeschwindigkeit von 140 km/h. Darüber hinaus sind alle LINK-Triebwagen mit Videoüberwachung, leistungsfähiger Klimaanlage, behindertengerechtem WC und visuell-akustischen Informationssystemen für barrierefreies Reisen ausgestattet.

Mit dem Kauf der neuen LINK erwirbt die NEB nach einer langen Pause erneut eigene Dieseltriebwagen, denn bereits Anfang der 1930er Jahre kamen bis 1946 insgesamt fünf Triebwagen mit diesel-mechanischem Antrieb zur NEB. Die von NEB erworbenen Triebwagen zählten damals zu den modernsten Triebwagen die es gab. Der Verbleib der Fahrzeuge, die bis zur Übergabe an die Reichsbahn 1950 von der NEB betrieben wurden, ist teilweise bis heute unklar.

Seit Dezember 2005 und noch bis 2020 bietet die NEB SPNV-Leistungen auf der Strecke der Heidekrautbahn (RB27) an. Im Dezember 2006 übernahm die NEB auch den Betrieb auf der Oderlandbahn (RB26).

Mit der gewonnen Ausschreibung des Ostbrandenburgnetzes verlängert die NEB somit nicht nur ihren Betrieb auf der Oderlandbahn bis 2024, sondern bietet dann zusätzlich auf acht weiteren Regionalbahnlinien ihre Verkehrsdienstleistung an:

Los 1 mit insgesamt 2,162 Mio. Zugkilometern/ Jahr:

NBE Betriebsgesellschft: *Bei PESA in Bydgoszcz (Bromberg) wurden neun zweiteilige LINK-Triebwagen gekauft. Foto: NBE/pr.*

R35 Fürstenwalde (Spree) – Bad Saarow
R36 Königs-Wusterhausen-Beeskow-Frankfurt (Oder)
R60 Eberswalde-Frankfurt (Oder)
R61 Schwedt (Oder)- Angermünde/Prenzlau
R63 Eberswalde-Joachimsthal

Los 2 mit insgesamt 2,700 Mio. Zugkilometern/ Jahr:

R12 Berlin-Templin
R25 Berlin-Werneuchen
R26 Berlin - Küstrin-Kiez - Bundesgrenze
R54 Berlin-Löwenberg (Mark)- Rheinsberg (Mark)

Ab Dezember 2014 übernimmt die NEB dann für 10 Jahre, also bis Dezember 2024, die Verkehrsdienstleistung auf den Strecken von Los 1. Ab Dezember 2015 folgt die Übernahme der Strecken von Los 2. Auch hier wurde der Verkehrsvertrag bis Dezember 2024 geschlossen.

»Wir freuen uns sehr über den Zuschlag des Ostbrandenburgnetzes. Es ist ein enormer Zugewinn für uns und gleichzeitig ein Vertrauensvorschuss, unsere hohe Servicequalität und Zuverlässigkeit auch auf weiteren Strecken unter Beweis stellen zu können.«, so Herr Detlef Bröcker, Geschäftsführer.

Mit dem Kauf der neuen PESA LINK erwirbt die NEB nach einer langen Pause erneut eigene Dieseltriebwagen, denn bereits Anfang der

***neg:** Dieselloks Mz1439 und DL2 am 24.6.2013 im Bahnhof Niebüll NEG.*

1930er Jahre kamen bis 1946 insgesamt fünf Triebwagen mit diesel-mechanischem Antrieb zur NEB. Die von NEB erworbenen Triebwagen zählten damals zu den modernsten Triebwagen die es gab. Der Verbleib der Fahrzeuge, die bis zur Übergabe an die Reichsbahn 1950 von der NEB betrieben wurden, ist teilweise bis heute unklar. *Daniela Raphelt/NBE/pr.*

***neg:** T 4 durchfährt am 26.4.2013 in Dagebüll-Mole das Deichtor am Strandhotel. Fotos (2): Dieter Riehemann*

Norddeutsche Eisenbahn-Gesellschaft Niebüll GmbH (neg)

Bei meinem Besuch der ehemaligen Kleinbahn Niebüll-Dagebüll am 24.6.2013 waren der T 4 sowie die DL 2 mit zwei von DB Regio geliehenen Reisezugwagen im Einsatz. Mit dem VT 71 befasste sich wieder mal, wie schon bei meinen letzten Besuchen, die Werkstatt. Im Einsatz waren auch die beiden Heizwagen, mit denen die Energieversorgung der IC-Kurswagen sichergestellt wird. Neben dem auch optisch als Güterwagen erkennbaren HW 1 (2008 ex

Norddeutsche Eisenbahn-Gesellschaft Niebüll GmbH (neg)
Oben: *neg - T 4 am 24.6.2013 in Dagebüll-Mole. Rechts eine Fähre zur Insel Föhr.*
Mitte: *Gegenansicht zur Abbildung oben.*
Unten: *neg - Heizwagen 105 am 24.6.2013 in Dagebüll-Mole.*
Fotos (3): Dieter Riehemann

AKN 2082, ursprünglich DB-Gls 205) war dies der 2012 in Betrieb genommene Wagen 105 (ex OHE 0105, 1985 Umbau aus DB-B3yg-Reisezugwagen), der bei der neg in den IC-Farben der DB lackiert wurde. *Dieter Riehemann*

Nordic Rail Service (NRS)

Neu bei NRS ist die V 600002 (Henschel 1960/30076; ex Railsystems RP 362 787).

Osthannoversche Eisenbahnen AG

Mit Wirkung zum 1.7.2013 wurde Herr Wolfgang Kloppenburg (59) neuer Vorstandsvorsitzender der OHE AG in Celle. Gleichzeitig wurde er Geschäftsführer der erixx GmbH, der NiedersachsenBahn Verwaltungs GmbH sowie der Hafengesellschaften der OHE-Gruppe in Lüneburg, Uelzen und Wittingen. *Netinera/pr.*

Der Verkauf der Gütersparte der Celler Osthannoverschen Eisenbahnen (OHE) mit etwa 50 Beschäftigten ist vom Tisch. Das sagte am 14.1.2014 OHE - Vorstandsvorsitzender Wolfgang Kloppenburg. Auch innerhalb des Netinera-Mutterkonzerns sei ein Ver-

neg: *DL 2 am 24.6.2013 in Dagebüll-Mole mit geliehenen DB-Regio-Wagen. Foto: Dieter Riehemann*

kauf oder eine Fusion nicht geplant, hieß es.

Quelle: Michael Ende in »Cellesche Zeitung«

DB Schenker hatte 2013 die Transportverträge für den Einzelwagenverkehr mit der OHE gekündigt. Der Güterverkehr wird auf dem OHE-Netz ab 1.1.2014 von DB-Schenker selbst durchgeführt. Der derzeitige Betrieb auf den OHE-Strecken:

Winsen/Luhe-Niedermarschacht: Übergang der von DB-Schenker gefahrenen Züge auf das DB-Streckennetz jetzt direkt in Winsen/Luhe.

Winsen Süd-Hützel: Kein planmäßiger Güterverkehr mehr. Weniger Tarifpunkte für zeitweise anfallende Gütertransporte.

Lüneburg Süd - Soltau:
Noch nichts Näheres bekannt..

Celle Nord - Soltau Süd: Bei Redaktionsschluss noch keine Informationen, wie der Betrieb auf dieser OHE-Hauptstrecke mit ihrem starken Militärverkehr zum NATO-Truppenübungsplatz Bergen-Lager abläuft.

Celle Nord - Wittingen West: Bedienung der Papierfabrik in Lachendorf wie schon bisher werktags durch DB Schenker. Nach Wittingen-Hafen soll 2x wöchentlich gefahren werden.

Anschlussbahn Wolff in Walsrode: Weiter durch OHE bedient.

Wunstorf: Die K+S-Kalibahn wird weiter von der OHE bedient.

Eisenbahngesellschaft Potsdam mbH (EGP)

Als die von Thomas Becken gegründete Prignitzer Eisenbahn (PEG) auf dem Höhepunkt ihrer Geschäftstätigkeit im Schienenpersonennahverkehr in Brandenburg, Mecklenburg-Vorpommern und Nordrhein-Westfalen sowie im Güterzugdienst war, verkaufte er sie an die seinerzeitige Arriva (heute Netinera). Während die PEG seit Dezember 2012 nicht mehr selbst als EVU, sondern nur noch über die Beteiligung an der ODEG im SPNV aktiv ist, betreibt die 2005 gegründete Eisenbahngesellschaft Potsdam mbH (EGP) nunmehr Schienenverkehr im einstigen »Stammland« der PEG in der bzw. rund um die Prignitz. Interessant ist nicht nur, dass die drei Buchstaben der Bahnkürzel gleich sind. EGP und Ursprungs-PEG haben noch weitere Gemeinsamkeiten. Die in 2005 gegründete EGP übernahm bereits 2006 die

EGP: *VT 798 610 (links) und VT 670.3 am 20.9.2013 im alten Kleinbahn-Endbahnhof Pritzwalk.*

EGP: *Diesellok 331 106 und VT 670.4 am 10.9.2013 im DB-Bahnhof Pritzwalk, einer einst hoch frequentierten Abzweigstation.*

Fotos (2): Dieter Riehemann

Eisenbahngesellschaft Potsdam (EGP)
Oben Strecke Pritzwalk-Neustadt/Dosse: *VT 70.3 am 9.9.2013 in Blumenthal.*
Mitte Strecke Pritzwalk-Neustadt/Dosse: *VT 504 001 am 9.9.2013 in Kyritz .*
Unten Strecke Putlitz-Pritzwalk: *VT 798 610 am 10.9.2013 im Endbahnhof Putlitz.*
Fotos (3): Dieter Riehemann

DB-Nebenstrecken im Bereich der Prignitz, die nach und nach privatisiert/kommunalisiert wurden und bei denen teilweise schon die PEG Eigentümer bzw. Betriebsführer war. Den gesamten Infrastrukturbereich verkaufte die PEG im Juli 2012, rückwirkend zum 1.1.2012, an die RegioInfra.

Aktuell betrieb die EGP Reisezugverkehr, teilweise kommunal finanziert und derzeit insgesamt nicht auf Dauer gesichert, auf folgenden Strecken der RegioInfra (Stand Dezember 2012):

- Pritzwalk-Putlitz

Sparte Schienengüterverkehr von der PEG und ist seit 2010 ein Tochterunternehmen der ENON GmbH & Co KG, einer Beteiligungsgesellschaft im Geschäftsbereich Eisenbahn. Einer der Geschäftsführer der ENON, zu der aktuell die EGP, Deutsche Eisenbahnservice AG, RegioInfra GmbH und auch die Eisenbahnromantik-Hotels (übrigens ein guter Tipp für Übernachtungen im EGP-Land) gehören, ist Thomas Becken.

Die RegioInfra betreibt die Infrastruktur der ehemaligen

***VLO/Wittlager Krsb.:** Lok 02 fuhr am 5.6.2013 in den Bahnhof Rabber ein. Foto: Dieter Riehemann*

- Pritzwalk-Meyenburg (-Krakow)
- Pritzwalk-Kyritz-Neustadt/Dosse
- Neustrelitz-Mirow

Lediglich zwischen Kyritz und Neustadt gibt es einen festen Taktfahrplan (Stundentakt), alle übrigen Strecken werden zu bedarfsorientierten Zeiten bedient. Am schwächsten ist der Verkehr zwischen Pritzwalk und Kyritz (an Werktagen nur zwei Zugpaare). Für touristische Zwecke fahren nur an bestimmten Tagen einige Züge über Meyenburg hinaus bis Krakow bzw. Silbermühle.

Der Triebwagenpark der EGP ist überaus interessant und vielfältig. Bei meinem Besuch im September 2013 pendelte der zweiachsige DWA-Triebwagen 504 001 zwischen Kyritz und Neustadt, während der Doppelstock-Schienenbus VT 670.3 die zwei Zugpaare Pritzwalk-Neustadt zu fahren hatte. Der zweite Doppelstock-VT 670.4 fuhr alle Leistungen zwischen Pritzwalk und Meyenburg, und der ex DB-Schienenbus

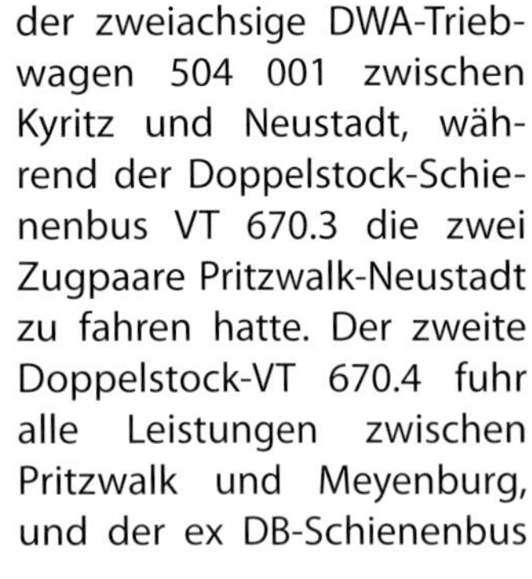

***VLO/Wittlager Krsb:** Lok 02 (Herst. Henschel) am 5.6.2013 mit einem Güterzug zwischen Wehrendorf und Bomlitz Ost.*
Foto: Dieter Riehemann

***Railsystems RP:** Die 295 127 ist eine der fünf ex DB-290er des EVU.* *Foto: Railsystems RP/pr.*

VT 798 610 hatte die Aufgabe, den Verkehr zwischen Pritzwalk und Putlitz abzuwickeln. Auf der Strecke Neustrelitz-Mirow war VT 43 (WU 1981/30903), ein NE `81-Triebwagen, der von der Kahlgrundbahn (VT 80) stammt und über die Hochwaldbahn/Sächsisch-Böhmische Eisenbahngesellschaft (VT 43) zur EGP kam, zu sehen. Mit dem VT 43 ist die EGP offensichtlich gut zufrieden, denn 2013 erwarb man drei weitere Fahrzeuge des NE`81-Typs von den SWEG, und zwar deren VT 120 und die Beiwagen VB 240 und 242. Der VT 120 wurde gleich der EGP-Werkstatt in Meyenburg zugeführt und soll rasch aufgearbeitet werden, um ein zweites Fahrzeug für den Mirower Betriebsteil verfügbar zu haben. *Dieter Riehemann*

Verkehrsgesellschaft Landkreis Osnabrück GmbH (VLO) -Wittlager Kreisbahn -

Im Juni 2013 weilte die kleine O&K-Lok 5 der Hafenbahn Osnabrück als Reservelok bzw. Rangierlok in Bohmte Ost. Den Planverkehr, vorwiegend die Bedienung des Anschlusses der Firma Agro am ehemaligen Hp Bad Hüsede besorgte die Lok VLO 02. Das schöne kleine Haltestellengebäude in Bad Hüsede wurde inzwischen abgebrochen, nachdem es in den letzten Jahren zunehmend verfiel.

Dieter Riehemann

Railsystems RP GmbH.

Neu bei Railsystems RP:
295 088 (MaK 1978/1000761; ex DB-Schenker).
Somit sind jetzt fünf Loks der Baureihe V 90 (290 127, 290 189, 294 096, 295 088 und 295 095) bei dem Unternehmen.
Außerdem neu bei Railsystems RP:
363 151 (Krupp 1962/4471)
363 171 (Krupp 1963/4491)
363 685 (MaK 1959/600274)

Rhenus Veniro GmbH & Co. KG

Rhenus Veniro wird nach Gewinn einer Ausschreibung zum Fahrplanwechsel 2014 für fünfzehn Jahre Betreiber der 13 km langen Stichbahn Bullay - Traben-Trarbach (scherzhaft »Moselweinbahn« genannt). Zum Einsatz wer-

RheinCargo: *DH 721, eine Vossloh G 1000, am 25.9.2013 im AKN-Bw Kaltenkirchen.*
Foto: Heinz Werner Rehder

den Triebwagen vom Stadler-Typ Regio Shuttle (RS 1) kommen

RheinCargo

Häfen und Güterverkehr Köln (HGK) und die Neuß-Düsseldorfer Häfen (NDH) gründeten 2012 das Gemeinschaftsunternehmen Rhein Cargo. Am 21.11.2013 konnte das EVU drei Maschinen vom Bombardier-Typ TRAXX F140 DE in Dienst stellen:
DE 801 (Bombardier 2013/34842)
DE 802 (Bombardier 2013/34843)
DE 803 (Bombardier 2013/34844)
Es sind die ersten von Rhein Cargo selbst beschafften Lokomotiven. Zwei weitere Triebfahrzeuge sollten im Januar 2014 folgen. »Mit diesen Lokomotiven investieren wir in unsere Qualität«, betonte Paul Schumacher, Prokurist und Bereichsleiter der RheinCargo bei der Inbetriebnahme. Er verspricht sich von der Anschaffung eine »Verbesserung unseres Netzwerkes und die noch zuverlässigere Abwicklung im Großdieselbereich«. Ihr Einsatz ist vor allem im grenzüberschreitenden Verkehr geplant.
Die RheinCargo verfügt bereits über Lokomotiven aus der TRAXX Familie, die sich in der Vergangenheit als zuverlässig bewährt haben. Die Lokomotiven sind mit dem europäischen Zugsicherungssystem ETCS ausgestattet und bieten für Triebfahrzeugführer einen hohen Komfort. Die 82 Tonnen schweren TRAXX wurden aus der Großserie der Baureihe BR 185 abgeleitet. Sie sind zugelassen für den Verkehr in Deutschland, Belgien und den Niederlanden. Die Wartung der etwa 19 Meter langen und 2.400 KW-starken Maschinen wird die Fahrzeugtechnik der HGK in Brühl übernehmen. »Das freut uns, da wir so Arbeitsplätze am Standort sichern. Vor allem aber stellen wir uns mit dieser Baureihe auf eine neue Lokgeneration ein und gewinnen wichtiges Know-how«, so Bereichsleiter Ludger Schmidt, dessen rund 65 Mitarbeiter starkes Team neben der RheinCargo für alle größeren Lok-Betreiber und Leasing-Firmen aktiv ist.

Dr. Jan Zeese/RheinCargo/pr.

RVM/Tecklenburger Nordbahn: *RVM-Lok 61 am 18.9.2013 mit ODF-Wagen in Uffeln.*
Foto: Dieter Riehemann

Regionalverkehr Münsterland GmbH -Tecklenburger Nordbahn-

Auf derTN-Stammstrecke zwischen Osnabrück-Eversburg und Rheine-Stadtberg herrschte im Spätsommer/Herbst 2013 recht reger Reisesonderzugverkehr.
Am 15.9.13 fuhr der Zug der Osnabrücker Dampflokfreunde (ODF) mit deren V 65 001 zum »Kartoffelpufferessen« von Osnabrück nach Uffeln und zurück. Wenige Tage zuvor (6.9.13) begab sich ein TALENT-VT der NordWestBahn auf die Reise von Osnabrück nach Recke und zurück, um Fahrzeiten und Haltestellen für eine Veranstaltung am 29.9.13 zu erkunden.
Ein Zug besonderer Art über die Gesamtstrecke von Osnabrück-Eversburg bis Spelle war am 18.9.13 zu sehen, als RVM-Lok 61 mit drei Personenwagen der Osnabrücker Dampflokfreunde, an Bord die RVM-Betriebsleitung sowie Mannschaft des Landesbevollmächtigten für Bahnaufsicht, zwecks turnusmäßiger Behördeninspektion der Strecke auf die Reise ging. Am Folgetag wurde diese Zuggarnitur für eine Reisegruppenfahrt von Altenrheine nach Wersen/Büren genutzt. Interessant war übrigens, dass die RVM-Diesellok die erforderlichen Lokleerfahrten zwischen Rheine-Stadtberg und Osnabrück-Eversburg nicht über die eigene Strecke absolvierte, sondern dafür die DB-Strecke nutzte.
Am 29.9.13 fanden als Gemeinschaftsveranstaltung Kreis Steinfurt, RVM und Zweckverband Schienenpersonennahverkehr Münsterland (ZVM) Fahrten mit einer Doppeleinheit zweiteiliger TALENT-VT der NWB zwischen Osnabrück und Recke statt. Damit sollte ein wenig für die Reaktivierung des Schienenpersonenverkehrs zwischen Osnabrück und Recke geworben werden. Immerhin hat der ZVM im Juli 2013 insgesamt 2,7 Mio Euro bereitgestellt, um die Reaktivierungen Osnabrück-Recke sowie Münster-Sendenhorst (WLE) bis zur Genehmigungsreife zu planen. Die vier angebotenen Zugpaare am 29.9.2013 konnten mit regulären Fahrscheinen des Verkehrsverbundes benutzt werden und wurden gut

RVM/Tecklenburger Nordbahn: *Diesellok V 65 001 vor ODF-Zug am 15.9.2013 in Uffeln.*
Fotos (2): Dieter Riehemann

angenommen. Links und rechts der Strecke protestierten aber einige Anwohner in Büren, Schlickelde und Oberespel mit Transparenten gegen die Reaktivierung : Gründe z.B. die Bahn macht Lärm und Gestank, kostet zu viel Geld, behindert den Straßenverkehr und der derzeitige Omnibusverkehr reicht aus. Dem Zugpersonal und den Passagieren wurde wohl auch mal unanständige Gesten gezeigt – ein ziemlich unverständliches Verhalten.
Am 12.10.13 kam dann die V 36 des Vereins Eisenbahntradition mit einem Reisezug von Münster über Osnabrück auf die TN nach Westerkappeln. Ziel war der Hausbahnsteig des Bauernhof-Restaurants «Kuckucksnest«.

Dieter Riehemann

RVM/Tecklenb. Nordbahn: *Nordwestbahn-VT 643 274 und 643 271 am 29.8.2013 zwischen Westerkappeln und Wersen.*

DIE KLEINBAHN im Internet: www.zeunert.de

SWEG mit landeseinheitlichem Farbdesign

Der Landesverkehrsminister von Baden-Württemberg, Herr Winfried Hermann, stellte zusammen mit der SWEG am 2.12.2013 in Freiburg das neue landeseinheitliche Fahrzeugdesign vor. »Mit dem individuellen und einprägsamen Design soll das Land Baden-Württemberg als Aufgabenträger des Schienenpersonennahverkehrs zukünftig sichtbarer werden«, erläuterte Hermann.

***SWEG:** Regio-Shuttle VT 501 im zukünftigen Fahrzeugdesign der württembergischen Landesbahnen.*
Foto: MVI Baden-Württemberg/pr.

Als erstes Fahrzeug wurde mit dem neuen Design der SWEG-VT 501 (Regio-Shuttle RS1) gestaltet.

Das Farbkonzept leitet sich aus den baden-württembergischen Landesfarben Schwarz und Gold ab und wird durch einen weiß gehaltenen Hintergrund zu einem harmonischen Dreiklang vervollständigt. Durch die Staufer Wappenlöwen wird der Bezug zum Land Baden-Württemberg noch deutlicher. Das Zusammenspiel von Land und Betreiber wird durch das aus vielen kleinen Löwen bestehende Logo der Betreibergesellschaft – hier der SWEG – deutlich gemacht. Im Innenbereich findet sich das Farbkonzept im Zusammenspiel mit den Stauferlöwen auf den Polsterbezügen wieder.

Zukünftig wird es in Baden-Württemberg im Zuge der anstehenden Ausschreibungen im Schienenpersonennahverkehr eine zunehmende Zahl an Neufahrzeugen geben, welche dann im landeseinheitlichen Zugdesign verkehren sollen. Die Ausschreibungen in den verschiedenen Netzten des Landes ziehen sich allerdings über mehrere Jahre hin. Da nicht überall Neufahrzeuge zum Einsatz kommen, wird es noch einige Zeit dauern bis die Zahl der Fahrzeuge im neuen Design erkennbar zunimmt. *MVI Baden-Württemberg/pr.*

Verband Deutscher Verkehrsunternehmen (VDV)

Neuer Vizepräsident

Herr Joachim Berends (45), Vorstand der Bentheimer Eisenbahn AG, übernahm zum 1.1.2014 das Amt des Vizepräsidenten für den Bereich Schienengüterverkehr im Verband Deutscher Verkehrsunternehmen (VDV) von Ulrich Koch. Die etwa 140 im VDV organisierten Schienengüterverkehrsunternehmen haben am 10.10.2013 auf ihrer Verwaltungsratssitzung Herrn Berends zu ihrem neuen Vorsitzenden gewählt. In dieser Funktion übernimmt er auch das Amt des VDV-Vizepräsidenten. Die ca. 600 VDV-Mitgliedsunternehmen sind im Verband in insgesamt fünf Sparten mit jeweils einem Verwaltungsrat organisiert. Die Vorsitzenden der fünf Verwaltungsräte sind zugleich als ehrenamtliche VDV-Vizepräsidenten tätig. Herr Berends freut sich auf die neue Aufgabe: »Ich bedanke mich für das Vertrauen des Verwaltungsrates und nehme die Wahl sehr gerne an. Mein Dank gilt insbesondere meinem am Jahresende 2012 ausscheidenden Vorgänger Ulrich Koch, der die Interessen der Schienengüterverkehrsunternehmen im Verband hervorragend vertreten hat.«

Der 45-jährige Betriebswirt Joachim Berends ist verheiratet und hat zwei Kinder. Seit fünf Jahren ist er Vorstand der Bentheimer Eisenbahn und verfügt damit über Erfahrung in allen Fragen und Themen rund um den Schienengüterverkehr. Zudem engagiert er sich seit über zwanzig Jahren in verschiedenen Funktionen und Gremien im VDV.

»Joachim Berends ist mit seiner Verbandserfahrung und seinem umfassenden Know-how genau die richtige Wahl. Ich wünsche ihm für diese neue Aufgabe viel Erfolg«, so VDV-Präsident Jürgen Fenske.

VDV-Vizepräsident Joachim Berends. Foto: VDV

Für dessen am 31.12.2013 endende Amtszeit als VDV-Vizepräsident bedankt sich Fenske zudem bei Herrn Ulrich Koch: »Er hat die Schienengüterverkehrssparte im Verband über die Jahre geprägt und weiterentwickelt, dafür gebührt ihm großer Dank.«
Ulrich Koch war seit Oktober 2011 VDV-Vizepräsident für den Bereich Schienengüterverkehr.

Schienenlärm: Vorgabe im Koalitionsvertrag ist so nicht umsetzbar

Die Bundesregierung will laut Koalitionsvertrag bereits im Jahr 2016 prüfen, ob mindestens die Hälfte der ca. 180.000 in Deutschland fahrenden Güterwagen mit Flüsterbremsen umgerüstet sind. Ansonsten drohen ordnungspolitische Maßnahmen wie Nachtfahrverbote. Der Verband Deutscher Verkehrsunternehmen (VDV) kritisiert den zu knappen Zeitraum und die überzogene Androhung von Verboten. »Die Vorgaben der Großen Koalition sind für die Branche so nicht umsetzbar, der Zeitraum ist zu kurz. Daran ändert auch die Androhung von Fahrverboten nichts«, so VDV-Hauptgeschäftsführer Oliver Wolff.

Lars Wagner/VDV/pr.

Waltheim Logistics

Das Bauunternehmen Johann Waltheim und die Firma Waltheim Logistics (siehe DK 27 Seiten 37-38) mussten am 21.8.2013 Insolvenz anmelden.
Drei der vier Standorte von Waltheim wurden zum 1.11.2013 von der Backer-Bau GmbH in Hainichen übernommen und werden zukünftig als selbstständige Niederlassungen weitergeführt. Mit der Übernahme nutzt Backer-Bau die Chance, die Leistungsfähigkeit in den Kernkompetenzen deutlich zu erhöhen, die Kompetenz Bahnbau zu erweitern und damit den seit Jahren erfolgreichen Kurs des Unternehmens fortzusetzen. Sehr erfreulich ist zudem, dass mit der Übernahme des Unternehmens etwa 160 Arbeitsplätze an den drei Standorten in Nürnberg, Eisenach und Pottenstein gesichert werden konnten. *Backer Bau/pr.*

WEG-Strohgäubahn Hemmingen-Korntal

Zwischen 29.7. und 8.9.2013 wurde wegen Gleisarbeiten in Schwieberdingen eingeschränkter Verkehr nur zwischen Korntal und Münchingen auf der Schiene gefahren. Ansonsten lief Ersatzverkehr mit Omnibussen.
Der Verkehr zwischen Korntal und Stuttgart-Feuerbach über die DB S-Bahn-Strecke endete im Dezember 2012 zum Fahrplanwechsel.
Zwischen Hemmingen und Weissach findet kein Verkehr mehr. Allerdings wird die WEG-Werkstätte in Weissach noch genutzt. Der Bau des Werkstattneubaus in Korntal soll ausgeschrieben sein.

Dank an alle Gratulanten zu unserem Fünzigjährigen

Über die vielen schriftlichen und telefonischen Glückwünsche zu unserem Jubiläum »50 Jahre Kleinbahn-Literatur« haben wir uns sehr gefreut. Herzlichen Dank an alle Leser und Mitstreiter, die uns so freundlich gratuliert haben.

Ingrid und Wolfgang Zeunert

V 100: *Logistik auf Schienen (LaS) - Loks 203 008 (rechts) und 203 005 am 9.11.13 in Ingolstadt Hbf.*

Bilderbogen mit V 100 rund um Ingolstadt

Auf dieser Seite und auf den beiden folgenden Seiten findet sich ein »Bilderbogen«, der einen Überblick über die Dieselloks von verschiedenen Loks der V 100-Baureihen (West und Ost) gibt, die ich 2013 in den letzten Monaten des Jahres in und um Ingolstadt fotografiert habe.
Da 2013 um Ingolstadt viele Gleisbauarbeiten stattfanden, gab es immer wieder Lokomotiven entweder im Bauzugdienst oder auf neue Aufgaben wartend zu sehen. An folgenden Strecken wurden beziehungsweise werden noch Arbeiten vorgenommen:
1. Der Ausbau der Strecke Ingolstadt-München auf höhere Geschwindigkeit mit Gleisveränderungen (größere Kurvenradien) dauert an, wozu auch Bahnhofverlegungen gehören (Reichertshofen aufgelassen und Baar-Ebenhausen ca. 500 m nordwestlich neu errichtet).
2. Die Gleiserneuerung der Strecke Ingolstadt-Eichstätt zwischen Gaimersheim und Tauberfeld ist inzwischen fertig gestellt.
3. Die Gleisbauarbeiten am Anschlussgleis zwischen Ingolstadt Nord und Interpark dauern an.
Darüber hinaus herrscht um Ingolstadt herum immer ein interessanter Güterverkehr. Die HUSA-Transportation fuhr mit ihren Lokomotiven von Ingolstadt Hbf unter anderem Zustellfahrten für CargoServ. In diesen Zügen werden Stahlcoils aus Österreich angeliefert und Stahlschrott zurück nach Österreich gebracht (bespannt meist mit einer 1216 der CargoServ). Die Stahlcoils werden von HUSA zum Interpark bei Ingolstadt gebracht und dann nach Bedarf mit LKW zum Presswerk von Audi transportiert, während der Stahlschrott bei Audi im Presswerk von HUSA abgeholt wird.
Die Loks von Logistik auf Schienen (LaS) sind normalerweise immer in Doppeltraktion für das Chemliner-Trainsystem anzutreffen, um Kesselwagen auf nicht elektrifizierten Anschlussbahnen um Ingolstadt zuzustellen oder Spotverkehr durchzuführen.

Rudolf Schneider

V 100: *Von links Hessische Güterbahn (HGB) 100.03, Locon 275 119 (G 1206; Alpha Trains 1138), Locon 214 (214 004) und Locon 213 (214 003) am 2.11.13 in Ingolstadt Hbf.*

V 100: *Leonhard Weiss 203.001 im mittlerweile aufgelassenen Bahnhof Reichertshofen. Die neuen Stecke verläuft ca. 100 Meter hinter der Lok. Fie Firma Leonhard Weiss befasst sich mit Strassenbau, Netzbau und Gleisbau. Das Bild entstand bereits am 29.3.2010.*

V 100: *NBE-Rail (Nordbayerische Eisenbahn) 203 162 am 31.8.2013 in Ingolstadt Hbf.*

V100: *Schienen-Güter-Logistik (SGL) 203 005 (V 180.08) am 5.9.13 im neuen Bahnhof Baar-Ebenhausen.*

Fotos (7): Rudolf Schneider

V 100: *HUSA 214 019 (Alicia) und (ganz hinten) 214 012 (Kathleen) am 20.10.13 in Ingolstadt Hbf.*

V 100: *BUG-Verkehrsbau AG V100-BUG-02 am 16.8.13 in Ingolstadt Hbf.*

Lokalbahnen und EVU in Österreich

125 Jahre
Localbahn Reichenhall-Berchtesgaden

Mit einer Sonderfahrt am 7.12.2013 feierte die **Berchtesgadener Land Bahn (BLB)** ein Doppeljubiläum im Berchtesgadener Land:
1) 125 Jahre Localbahn Reichenhall (Ortsname Bad Reichenhall erst seit 1900) - Berchtesgaden. Diese erste bayerische Gebirgsbahn wurde am 25.10.1888 eröffnet
2) 100 Jahre elektrischer Betrieb Freilassing-Bad Reichenhall-Berchtesgaden. Seit dem 20.4.1914 war die Fahrleitung ständig unter Spannung, und am 11.6.1914 verkehrte der erste öffentliche elektrische Zug.
Zum Jubiläum 2013 wurde Zug 84227 zwischen Freilassing und Berchtesgaden mit einem zweiten Triebwagen verstärkt, in dem eine Ausstellung mit historischen Bildern zur Bahngeschichte installiert war. Neben zünftiger Musik gab es Erklärungen zur Bahnstrecke und ihrer Geschichte.
An die einhundert Gäste waren der Einladung der BLB und des Verkehrsforums Berchtesgadener Land zu dieser Jubiläumsfahrt gefolgt, und die viele lokale Prominenz war sich einig - schön war's !

Gunter Mackinger

BLB: *Im Jubiläumszug waren (v.l.) Rudolf Schaupp (Landrat StV), Manfred Angerer und Herbert Birkner (Eisenbahnhistoriker), Bartl Bittner (3. Bürgermeister Berchtesgaden) und Gunter Mackinger (BLB-Geschäftsführer).*

BLB: *ET 134 + 130 als Jubiläumszug 84227 am 7.12.2013 in Berchtesgaden Hbf.* *Fotos: G. Mackinger*

Graz-Köflacher Eisenbahn
Diesellok 2015.006 mit Doppelstockzug am 14.12.2013 in Wies-Eibiswald.

Graz-Köflacher Eisenbahn
5063.011 und zwei weitere Diesezüge am 14.12.2013 in Wies-Eisbiswald vor der Rückfahrt nach Graz.

Graz-Köflacher Eisenbahn
Wies-Eibiswald RTS-Diesellok 2016.906 war am 14.12.2014 in Wies-Eibisfeld wieder für die GKB im Einsatz.

GKB-Fotos (3) von Dr. Stefan Lueginger

Lokomotion
189 917 und 189 915 am 31.8.2013 in Villach Westbahnhof.

Lokomotion
186 281 und 185 285 am 31.08.2013 in Warmbad Villach.

Stern&Hafferl
2016 911 am 11.4.2103 im Bereich des Linzer Verschiebebahnhofs. Diese Loks versehen den gesamten lokalen Verteilungsverkehr im Linzer Raum

Fotos (3) von
Dr. Stefan Lueginger

Mittelweserbahn
182 912 am 8.12.2013 in Selzhal. Der Zug transportierte Flachstahlbrammen.

RailPool
186 143 am 3. 12.2013 vor einem Güterzug bei Linz.

RailPool
Siemens-Vectron-Lok 193 802 durchfuhr am 14.2.2014 Linz-Untergaumberg.

Fotos (3) von
Dr. Stefan Lueginger

***ÖBB:** 4855.002 (ex St+H-Strecke Lambach-Haag) am 15.1.2014 im Bahnhof Kammer-Schörfling, der direkt am Ufer des Attersees liegt, dem größten oberöstereichischen See. Foto: Dr. Stefan Lueginger*

Lokalbahn Salzburg-St. Leonhard

Am 31.10.1953 verkehrte letztmalig die »Südlokalbahn« in Salzburg vom Lokalbahnhof durch die Festspielstadt einerseits nach Parsch und andererseits über Hellbrunn, Anif und Grödig nach St. Leonhard nahe der bayerischen Grenze.
Am Allerheiligentag 1953 wurde noch ein Restverkehr für die Besucher des Kommunalfriedhofes aufrecht erhalten, aber im Anschluss ist die Strecke bis zum Frühjahr 1954 abgetragen worden.
In Erinnerung an dieses verkehrspolitische Fehlleistung gab es am 2.11.2013 eine Gedenkveranstaltung.
Mit einer Originalgarnitur von seinerzeit und einem Autobus, der 1953 zum Ersatz für die Lokalbahn diente, wurde die heute bestehende Salzburger Lokalbahn von Bürmoos bis Salzburg befahren, um dann mit dem historischen Saurer-Kraftomnibus den Spuren der alten Südlokalbahn bis St. Leonhard zu folgen.
Dort wurden wie schon 1953 der Leichenschmaus gehalten und Erinnerungen ausgetauscht. *Gunter Mackinger*

ÖBB-Strecke Lambach-Haag - Kammer-Schörfling

Die beiden Triebwagen der Reihe 4855 wurden von den ÖBB einst für die von Stern+Hafferl betriebene Strecke Lambach-Haag am Hausruck beschafft. Nach der Stilllegung der »Haager Lies« sind sie generalüberholt worden und werden derzeit bis auf weiteres auf der Strecke Attnang-Puchheim - Vöcklabruck - Kammer-Schörfling eingesetzt.
Die Triebwagen befahren an Werktagen dreimal die Strecke. Bei Ausfällen steht ein ÖBB-Triebwagen der Reihe 5047 aus Attnang zur Verfügung.
Bei hoher Frequenz werden beide ET 4855 gemeinsam als Tandem gefahren
Der Bahnhof Kammer wird demnächst geschlossen und eine neue Endhaltestelle gebaut. *Dr. Stefan Lueginger*

Salzburg-St. Leonhard: *Abschied vom letzten Lokalbahnzug am 1.11.1953 neben dem ersten Bus in Morzg.* *Foto: Samlung Gunter Mackinger*

Salzburg-St.Leonhard: *KOM 31 (Saurer 1953), MBC 3 (1908) und MC 26 (1908/1950) in Bürmoos.* *Foto: Gunter Mackinger*

***SLB:** ET 58 (Bj. 2002) ist der derzeit jüngste umgebaute Achtachser und der zuletzt gelieferte Triebwagen dieser erfolgreichen Fahrzeugtype.* *Fotos (2): Gunter Mackinger*

Salzburger Lokalbahn (SLB)

Zwischen 1983 und 2002 beschafften die Salzburger Lokalbahnen 18 sechsachsige Gelenktriebwagen der Stadtbahngeneration. Diese bewährten Fahrzeuge wurden aus dem Typ U3 der Frankfurter Stadtbahn weiterentwickelt und für Salzburg von SGP/AEG bzw. deren Nachfolgefirmen geliefert. Die Triebwagen werden in bis zu Vier-Wagen-Zügen eingesetzt. Die Triebwagen 50-58 wurden bzw. werden zwischen 2012 und 2014 mit niederflurigen Mittelteilen zu Achtachsern erweitert.

Im Rahmen der Internationalen Salzburger Verkehrstage wurde auch der 30. Geburtstag dieser so erfolgreichen Fahrzeuggeneration gefeiert. Aus diesem Anlass erhielt der ET 42, der erste 1983 eingesetzte Triebwagen, seine

***SLB:** ET 42 (Bj. 1983) am 14.10.013 im Zustand der Lieferung von 1983 mit historischer Beschriftung neben ET 50 (Bj. 1988), dem einzigen Achtachser aus der zweiten Lieferserie .*

SLB: *Architekturskizze vom künftigen Endbahnhof Ostermiething.* *Salzburg AG/pr.*

originale Beschriftung zurück und präsentiert sich nach wie vor in der seinerzeitigen Lackierung.

Nachdem am 5.11.2013 als siebenter Achtachser mit niederflurigem Mittelteil der Stadtbahntriebwagen ET 55 von EKOVA an die Salzburger Lokalbahnen abgeliefert wurde, folgte im Gegenzug der Abtransport des ET 57 zum Umbau nach Mährisch Ostrau. Die Ablieferung des vorerst vorletzten Achtachsers war noch für 2013 vorgesehen. Als letztes Umbaufahrzeug wird im ersten Quartal 2014 der ET 56 folgen.

Salzburger Lokalbahn (SLB) Streckenverlängerung von Trimmelkam nach Ostermiething

Am 7.11.2013 wurde offiziell mit dem Bau der Lokalbahnverlängerung von Trimmelkam nach Ostermiething begonnen. Nur knapp zweieinhalb Jahre sind seit dem Beschluss der oberösterreichischen Landesregierung vergangen, das Obere Innviertel mit der Salzburger Lokalbahn zu erschließen. Nachdem Finanzierungsverhandlungen, Bewilligungs-, Planungs- und Ausschreibungsphase abge-

SLB: *Zum offiziellen Baubeginn der Streckenverlängerung nach Ostermiething wurde in Trimmelkam der jetzige Endprellbock symbolisch entfernt. Mit Stand Februar 2014 sind wegen des milden Winters die Trassierungsarbeiten gut vorangekommen, wie beispielweise bei der zukünftigen Haltestelle Diepoltsdorf mit Park+Ride-Anlage.* *Fotos (2): Gunter Mackinger*

SLB: *So lang sind die neuen Achtachser - ET 52 am 10.8.2013 vor den SLB-Depot in Salzburg-Itzling.*

schlossen sind, wird in etwas mehr als einem Jahr die knapp drei Kilometer lange Bahnstrecke errichtet. So soll mit dem Fahrplanwechsel 2014/15 die neue Verbindung bis nach Ostermiething eröffnet werden.
Während anderswo Regionalbahnen stillgelegt werden, setzt man mit der Verlängerung von Trimmelkam nach Ostermiething diesem Trend ein positives, richtungsweisendes Signal entgegen. Die Salzburg AG bemüht sich seit Jahren, das Verkehrsaufkommen auf den Straßen im Flachgau und dem gesamten Salzburger Zentralraum zu reduzieren. Die Verlängerung der Salzburger Lokalbahn bis Ostermiething ist daher ein wichtiger Schritt, um für das Oberinnviertel sowie für den Flachgau und die Stadt Salzburg eine spürbare, nachhaltige Verkehrsentlastung zu bringen.
Überlegungen, die Strecke zu verlängern, gehen bereits weit zurück. Seit 50 Jahren gibt es eine Verbindung zwischen Bürmoos und Trimmelkam. Mehr als 15.000 Menschen leben in der Region und profitieren vom Anschluss an das internationale Verkehrsnetz.
Durch den Ausbau der Lokalbahnstrecke wird es möglich, in nur knapp 45 Minuten die Landeshauptstadt Salzburg zu erreichen. Die Gesamtkosten von 14 Millionen Euro teilen sich die Gemeinden, Bund und Land Oberösterreich.
Der neue, ungefähr drei Kilometer lange Streckenverlauf wurde wesentlich von der Beschaffenheit des Baugrundes bestimmt. Bei der Planung der Trasse zwischen Trimmelkam und Ostermiething mussten die geologischen und topografischen Gegebenheiten berücksichtigt werden.
Die neue Trasse führt nach dem Bahnhof Trimmelkam in einem Bogen in nordwestlicher Richtung nach Ostermiething. Nach etwa einem Kilometer ist die Haltestelle Diepoltsdorf erreicht, und nach fast drei Kilometern der neue Endbahnhof Ostermiething.
Die neue Endstation der Salzburger Lokalbah-

Steiermark Transport: *1216 960 am 8.4.2013 in Linz.* *Fotos (2): Dr. Stefan Lueginger*

nen in Ostermiething bekommt einen modernen Kopfbahnhof. Der Entwurf stammt vom Architekten Udo Heinrich. Er wurde bereits für die Planung des Lokalbahnhofes in Lamprechtshausen mit dem Architekturpreises der Bundesrepublik Österreich ausgezeichnet. Das neu entstehende Bahnhofsgebäude punktet mit einer zeitgemäßen, architektonisch anspruchsvollen und gleichzeitig nutzungsfreundlichen Gestaltung. Mit der Errichtung von drei Busbuchten und der Anbindung an die Mühlen-Landesstraße soll hier ein neuer, regionaler Knotenpunkt für den öffentlichen Personennahverkehr entstehen. Damit alle Fahrgäste reibungslos vom Auto oder Fahrrad auf den Zug umsteigen können, entsteht vor dem Bahnhof ein großzügiger Park-and-ride-Platz mit ca. 80 Pkw- und 100 überdachten Fahrradabstellplätzen. Auch sind einige Boxen für Elektrofahrräder sowie eine Solar-Stromtankstelle geplant, um für die Zukunft gerüstet zu sein. *Alexandra Weiß/Salzburg AG/pr.*

Steiermark Transport und Logistik GmbH (STB)

Neu im Einsatz bei der Tochtergesellschaft der Steiermärkischen Landesbahnen (STLB) sind
- seit 20.6.2012 die »Taurus«-Ellok 1216.960 (Siemens 2011/21670; ES 64 U4)
- seit Mitte 2013 die »Eurorunner«- Diesellok 2016.903 (Siemens 2003/21028; ER 20; ex MRCE ER 20-004)

Die Steiermarkbahn fährt seit über acht Jahren mit Partnerunternehmen Karosserieteile von Magna Heavy Stamping bei Weiz zu Volkswagen Slovakia nach Bratislava. Darüber hinaus werden in Ganzzügen u.a. Rapsöle, Container, Stahlbrammen, Schotter sowie Rund- und Schnittholz transportiert. Zu bestimmten Anlässen werden auch Personensonderzüge angeboten.

SLB-Hallein: *Lok 84 am 25.2.2014 im weitläufigen MDF-Werkgelände. Fotos (4): Gunter Mackinger*

Salzburger Lokalbahn - MDF-Anschlussbahn in Hallein

Ende März 2014 wird der Restbetrieb des 1999 errichteten MDF-Werkes Hallein eingestellt. Damit ist auch das Schicksal der Anschlussbahn ungewiss, die vom Bahnhof Hallein an der ÖBB-Strecke Salzburg-Bischofshofen auf ca. 3,5 km in das MDF-Werk (vormals Solvay) führt. Diese Anlage geht ursprünglich auf die 1896 errichtete Anschlussbahn der Brauerei Kaltenhausen zurück.

SLB-Hallein: *Lok 84 rangiert am 28.2.2014 auf der Anschlussbahn.*

Betrieben wird die Anschlussbahn einschließlichder Nebenanschlussbahnen von den Salzburger Lokalbahnen. Innerhalb des MDF-Werksgeländes bestehen noch zwei Nebenanschlussbahnen, die tunlichst in Betrieb gehalten werden sollen. Natürlich werden auch Nachnutzer für das umfangreiche Werksgelände gesucht. Die Zukunft wird weisen, ob dabei der Schienenverkehr eine Rolle spielen kann und wird. Ende Februar/ Anfang März 2014 erreichen die letzten Züge mit Holzhackschnitzel das Werk. Bis

***SLB-Hallein:** Die Nebenanschlußbahn Solvey wird heute überwiegend von Fa. Anti-Germ genutzt.*

Ende März ist noch mit dem Abtransport von Fertigprodukten zu rechnen.
Die Stimmung war sehr gedämpft, als am Nachmittag des 28. Februar 2014 die beiden letzten Ganzzüge mit Holzhackschnitzel für MDF Hallein entladen wurden. Ein Jahrzehnt war MDF Hallein ein wichtiger und verlässlicher Geschäftspartner der Salzburger Lokalbahnen. Ab April 2014 soll es nach Möglichkeit eine neue Trägerschaft für die Anschlussbahn in der Industriestadt Hallein geben.

Gunter Mackinger

***SLB-Hallein:** Lok 84 rangiert am 25.2.2014 vor der Kulisse des markanten Untersberges.*

Dirk Endisch

Die DR-Baureihe V 180 bei Privatbahnen

Die Diesellokomotiven der Baureihe V 180 der Deutschen Reichsbahn (DR) besitzen heute bei Eisenbahnfreunden Kultstatus. Nach dem Ausscheiden der letzten Exemplare bei der Deutschen Bahn AG (DB AG) erlebten einige Maschinen in den 1990er-Jahren bei privaten Eisenbahnunternehmen eine Renaissance im Güterverkehr. Heute sind nur noch wenige Maschinen der Baureihe V 180 im Einsatz.

Glanzstück des DDR-Lokomotivbaus

Nur wenige Jahre nach dem Ende des Zweiten Weltkrieges begann die DR mit den Vorarbeiten für die Beschaffung moderner Dieseltriebfahrzeuge. Die Reichsbahn beauftragte im Januar 1953 die Vereinigung Volkseigener Betriebe des Lokomotiv- und Waggonbaus (VVB LOWA) mit der Konstruktion von Diesellokomotiven für den Rangier- und Streckendienst. Nach nur wenigen Monaten lagen erste Entwürfe für eine 2.700 PS starke Diesellok mit elektrischer Kraftübertragung vor. Doch das Projekt wurde nicht weiterverfolgt, da zu diesem Zeitpunkt die Frage der Kraftübertragung noch nicht entschieden war. Darüber hinaus fehlten der DR und dem Lokomotivbau in der DDR die technischen und wirtschaftlichen Voraussetzungen für solche anspruchsvollen Vorhaben. Die DDR verfügte über keine Unternehmen, die Erfahrungen im Bau bahntauglicher Dieselmotoren und Getriebe besaßen. Potenzielle Lieferanten

228 321 der CLR ergänzte am 17.6.2013 an der Tankstelle in Haldensleben ihren Dieselvorrat.

288 31 von Cargo Logistik Rail-Service GmbH (CLR) rollte am 17.6.2013 durch den Bahnhof Haldensleben. Soweit nichts anderes vermerkt stammen die Fotos von Dirk Endisch

gab es zu diesem Zeitpunkt nur in der Bundesrepublik Deutschland. Die DR konnte daher die notwendigen Komponenten und Patente nur gegen Devisen beschaffen. Da dies wirtschaftlich aber nicht möglich war, waren die DR und die in der VVB LOWA zusammengeschlossenen Betriebe gezwungen, zunächst das notwendige Wissen zu erwerben und eine eigene Zulieferindustrie aufzubauen. Die technischen Grundlagen schufen in der Folgezeit das Technische Zentralamt (TZA) der DR, das Institut für Schienenfahrzeuge (IfS) und das Konstruktionsbüro des VEB Lokomotivbau »Karl Marx« Babelsberg (LKM). Für die Produktion der Dieselmotoren und Getriebe entstanden der VEB Motorenwerk Johannisthal und der VEB Turbinenfabrik Pirna.

Parallel dazu traf die DR wichtige technische Grundsatzentscheidungen, die die Entwicklung der Baureihe V 180 und aller anderen Dieseltriebfahrzeuge maßgeblich bestimmten. Im Hinblick auf geringe Beschaffungs- und Unterhaltungskosten forderte die DR eine weitgehende Normierung und Vereinheitlichung der Bauteile. Die Reichsbahn entschied sich für einen schnelllaufenden Dieselmotor mit einer Nenndrehzahl von 1.500 U/min und für die hydraulische Kraftübertragung. Für die Verwendung eines Strömungsgetriebes sprachen dessen geringeres Gewicht und der kleinere Platzbedarf. Ein weiteres Argument für Strömungsgetriebe war deren geringer Kupferbedarf. Bei einer Diesellok mit 2.000 PS Leistung waren rund 400 kg des in der DDR knappen Buntmetalls notwendig. Bei einer Maschine mit gleicher Leistung und elektrischer Kraftübertragung rechnete die DR mit einem Kupferbedarf von 8 bis 10 t.

In der zweiten Hälfte der 1950er-Jahre nahm das vom TZA, IfS, der Schienenfahrzeug-Industrie und der Hauptverwaltung der Maschinenwirtschaft (HvM) erarbeitete Fahrzeugkonzept für die DR Gestalt an. Das 1957 vorgestellte Papier sah für den schweren Personen- und Güterzugdienst auf Hauptbahnen die Baureihen V 180 und V 200 vor. Die DR rechnete mit einem Beda PS starke Variante (Baureihe V 200) und ab 1970 Loks mit 3.000 PS Leistung

228 321 der CLR stand am 17.6.2013 mit einem Containerzug in Haldensleben.

gebaut werden. Die HvM legte ihren Beschaffungsplan im März 1961 der Staatlichen Plankommission (SPK) vor, die der DR bis 1965 Mittel für 128 Maschinen bewilligte.

Parallel zu diesen konzeptionellen Arbeiten hatte die DR das Pflichtenheft für die Baureihe V 180 ausgearbeitet. Die wichtigsten Forderungen waren zwei Maschinenanlagen, eine Höchstgeschwindigkeit von 120 km/h, eine maximale Achsfahrmasse von 18 t, eine Dampfheizung und Einmannbedienung.

Bereits 1956 legte das IfS die ersten Entwürfe vor. Allerdings konnte die vorgegebene Achsfahrmasse nicht eingehalten werden. Das IfS rechnete mit einem Gesamtgewicht von 85 t. Die DR lehnte dies jedoch ab, da dies die Einsatzmöglichkeiten der Baureihe V 180 einschränkte. Aus diesem Grund wurden die Arbeiten am 28. Oktober 1957 unterbrochen. Erst im Januar 1958 ging es weiter, nachdem der LKM Babelsberg die Anwendung des Leichtbaus für einzelne Komponenten vorgeschlagen hatte. In der Zwischenzeit hatte der VEB Motorenwerk Johannisthal einen geeigneten Motor entwickelt, den 900 PS starken 12 KVD 18/21 A I. Probleme gab es jedoch bei den Strömungsgetrieben. Da die DDR-Industrie nicht die benötigten Baugruppen liefern konnten, wurde der Beschluss gefasst, die benötigten Strömungsgetriebe von der Firma Voith zu beschaffen. Im Sommer 1958 waren die konstruktiven Arbeiten an der V 180 weitgehend abgeschlossen. Die Auslieferung des Baumusters war für Ende 1959 vorgesehen.

Doch dieser Termin konnte nicht gehalten werden, da bei der Erprobung des Motors Probleme auftraten. Außerdem zeigte sich, dass die vorgesehenen drehzapfenlosen Drehgestelle der V 180 grundlegend geändert werden mussten. Damit es aber keine weiteren Verzögerungen gab, wurde V 180 001 mit den alten Drehgestellen ausgerüstet. Die Werkserprobung des Baumusters begann am 3. Januar 1960. Die erste Streckenfahrt erfolgte am 12. Februar 1960. Nachdem die DR V 180 001 am 18. Februar 1960 für betriebsfähig erklärt hatte, begann die messtechnische Erprobung. In Sachen Leistung überzeugte die Maschine. Allerdings zeigten sich zwei gravierende Mängel: Die Laufeigenschaften der Drehgestelle

228 321 der CLR am 17.6.2013 an der Brücke über den Mittellandkanal bei Haldensleben.

waren ungenügend, und die Lok war mit einer Achsfahrmasse von 21 t zu schwer. Der erste Mangel konnte mit den neuen, erstmals bei V 180 002 verwendeten Drehgestellen beseitigt werden. Für das Gewichtsproblem gab es kurzfristig keine Lösung.

Dennoch gab die DR bereits am 25. Februar 1960 die ersten 20 Exemplare der Baureihe V 180 in Auftrag. Der LKM Babelsberg begann 1962 mit dem Bau der beiden Vorserienmaschinen V 180 003 und V 180 004, die mit Strömungsgetrieben der österreichischen Voith-Tochter aus St. Pölten ausgerüstet waren. V 180 004 wurde auf der Leipziger Frühjahrsmesse 1963 vorgestellt. Wenig später begann der Bau der so genannten »Kleinserie« (V 180 005–V 180 009), mit der die Fertigungstechnologie verbessert werden konnte. V 180 005 wurde am 26. Mai 1963 offiziell in Betrieb genommen. Anschließend begann die Serienfertigung. Bis Ende 1965 stellte die DR insgesamt 85 Exemplare der Baureihe V 180.0 in Dienst. Da der VEB Turbinenfabrik Dresden zu diesem Zeitpunkt noch immer keine betriebssicheren Strömungsgetriebe liefern konnte, musste der LKM Babelsberg diese weiterhin aus Österreich importieren.

Weiterentwicklungen und Varianten

Noch während der Produktion der Baureihe V 180.0 zeigte sich, dass die Motorenleistung mit 2x900 PS zu knapp bemessen war. Die DR forderte daher den Einbau von 1.000 PS starken Aggregaten. Dies gelang dem VEB Motorenwerk Johannisthal mit dem 12 KVD 18/21 A II. Als Erprobungsmuster für den neuen Motor diente V 180 059.

Die bei der Baureihe V 180.0 gesammelten Erfahrungen nutzte die DR für eine Überarbeitung der Konstruktion. Die Serienproduktion der mit zwei 1.000 PS starken Motoren ausgerüsteten Baureihe V 180.1 begann im Sommer 1965. Bis 1967 verließen insgesamt 82 Exemplare der Baureihe V 180.1 die Werkhallen in Babelsberg. Damit endete die Fertigung der vierachsigen Großdieselloks.

In der Zwischenzeit hatte der LKM Babelsberg eine sechsachsige Variante, die Baureihe V 180.2 konstruiert. Durch die Verwendung dreiachsiger Drehgestelle war es möglich, die Forderung der DR nach leistungsfähigen Die-

Die Container Terminal Halle (Saale) GmbH (CTHS) übernahm die ehemalige 118 203. Die Maschine stand am 23. Oktober 2010 im Werk Cottbus der DB AG. *Foto: R. Kutschke*

selloks mit einer Achsfahrmasse von etwa 16 t zu erfüllen. Die Baureihe V 180.2 entwickelte sich trotz ihres größeren Fahrwiderstandes zur erfolgreichsten Variante der V 180-Familie. Der LKM Babelsberg präsentierte das Baumuster V 180 201 auf der Leipziger Frühjahrsmesse 1964. Die Serienfertigung begann 1966 und endete mit der Abnahme der 118 406 am 10. April 1970. Ab dem Frühjahr 1968 (V 180 300) verwendete der LKM Babelsberg hydraulische Getriebe aus DDR-Produktion, mit denen später auch alle anderen Maschinen ausgerüstet wurden.

Insgesamt neun Exemplare der Baureihe V 180.2–4 lieferte der LKM Babelsberg in den Jahren 1968/69 an den VEB Chemisches Kombinat BUNA in Schkopau und den VEB Leuna-Werke »Walter Ulbrichr«. Die für den schweren Güterzugdienst vorgesehenen Loks unterschieden sich von den Reichsbahn-Maschinen durch ihre modifizierten Achsgetriebe. Diese ermöglichten eine höhere Zugkraft. Dafür war jedoch die zulässige Höchstgeschwindigkeit auf 85 km/h beschränkt. Außerdem besaßen die Loks keinen Heizkessel.

Eine Sonderrolle nahmen V 180 059, V 180 131 und V 180 203 ein. Die drei Maschinen besaßen Frontpartien aus glasfaserverstärktem Polyester (GfP). Das neue Design hatten das IfS, der LKM Babelsberg und das Zentralinstitut für industrielle Formgebung entwickelt. Ziel war es, Kunststoffe im Schienenfahrzeugbau zu testen. Das Führerhaus bestand aus dem Unterteil, der Fensterpartie und der Dachhaube. An den Seiten dieser GfP-Teile waren Stahlprofile und Blechbänder einlaminiert, die dann mit dem Rahmen und dem Fahrzeugkasten verschweißt wurden. Optisch setzten die GfP-Füh-

Die Erfurter Bahnservice GmbH setzt ihre 228 757 deutschlandweit im Güterzugdienst ein. Die Maschine rollte am 17.8.2011 mit einem Güterzug durch den Bahnhof Straußberg. Foto: R. Kutschke

rerstände Maßstäbe, technisch überzeugten sie nicht. Da die Verbindungen zwischen dem Führerstand und dem Lokkasten bzw. Rahmen häufig undicht waren, klagten die Personale immer wieder über Zugluft. Daher blieben die drei Maschinen Einzelgänger.

Außerdem gab die DR die Entwicklung einer Maschine mit zwei 1.200 PS starken Motoren in Auftrag. Das als »V 240 001« bezeichnete Baumuster wurde auf der Leipziger Frühjahrsmesse 1965 präsentiert. Eine Serienfertigung erfolgte jedoch nicht, da der Leistungsbereich über 2.000 PS mit Import-Maschinen aus der Sowjetunion abgedeckt werden sollte. Erst nachdem V 240 001 der Baureihe V 180.2 angepasst worden war, stellte die DR die Lok am 7. Juni 1971 als 118 202 in Dienst.

Zu diesem Zeitpunkt erwog die DR bereits das Einsatzspektrum der Baureihe 118, wie die V 180 nach der Einführung der EDV-gerechten Betriebs-Nr. am 1. Juni 1970 hieß, durch den Einbau leistungsfähigerer Motoren zu erweitern. Die bei der Erprobung der V 240 001 gesammelten Erfahrungen wurden für die Entwicklung des 12 KVD 18/21 A-3 (Nennleistung 736 kW) und des 12 KVD 18/21 AL-4 (Nennleistung 900 kW) genutzt. Zwischen 1972 und 1979 wurden zunächst 22 Maschinen der Baureihe 118.2-4 mit Motoren des Typs 12 KVD 18/21 AL-4 ausgerüstet. Bis 1990 wurden insgesamt 179 Maschinen umgerüstet, die zur besseren Unterscheidung von den nicht umgebauten Loks eine um 400 erhöhte Ordnungs-Nr. (Baureihe 118.6–8) erhielten.

Auch die Baureihen 118.0 und 118.1 wurden remotorisiert. Das für die Unterhaltung der Baureihe 118 verantwortliche Reichsbahnausbesserungswerk (Raw) »Wilhelm Pieck« Karl-

Die ITL setzte als eine der ersten Privatbahnen die ehemalige V 180 ein. Fallweise nutzten auch Eisenbahnvereine die Dieselloks für Sonderfahrten, wie hier 118 002 am 13.6.2010 in Zossen.

Foto: R. Kutschke

Marx-Stadt rüstete 1973 die 118 068 mit zwei Motoren des Typs 12 KVD 18/21 A-3 aus. Nach Abschluss der Erprobung wurden ab 1979 weitere Maschinen der Baureihe 118.0 entsprechend umgebaut und ab 1. Januar 1981 zur Baureihe 118.5 umgezeichnet. Bis 1987 verließen insgesamt 52 Loks der Baureihe 118.5 das Raw Karl-Marx-Stadt. Außerdem wurden 118 103, 118 117, 118 126, 118 132, 118 141, 118 181 und 118 182 mit zwei auf eine Leistung von jeweils 900 kW eingestellten 12 KVD 18/21 A-3 ausgerüstet.

Im Rahmen der so genannten »Extremerprobung« des 12 KVD 18/21 AL-4 wurden einige Motoren auf eine Leistung von 1.100 kW eingestellt. Mit solchen Anlagen wurden 118 625 und 118 805 ausgerüstet. Außerdem erhielten die Maschinen geänderte Strömungsgetriebe. Dadurch erreichte die Baureihe 118 sogar den Zugkraftbereich der sowjetischen Groß-Dieselloks der Baureihe 132. Als leistungsstärkste dieselhydraulische Maschine der DR ging 118 124 in die Technikgeschichte ein. Die Lok erhielt 1983 zwei 1.100 kW starke Motoren des Typs 12 KVD 18/21 AL-4 und neue Strömungsgetriebe. Bei den Versuchsfahrten wurde eine Zughakenleistung von 1.570 kW ermittelt. Doch 118 124 blieb ein Einzelgänger, zumal die DR ab 1982 die Elektrifizierung ihrer Hauptstrecken vorantrieb.

Abschied bei der Staatsbahn

Angesichts dieser Entwicklung wollte die DR ab Mitte der 1990er-Jahre zunächst die Baureihen 118.0, 118.1 und 118.5 schrittweise ausmustern. Doch die tief greifenden politischen und wirtschaftlichen Veränderungen in den Jahren 1990/91 läuteten den schnellen Niedergang der Baureihe 118 ein, die von den Lokpersonalen als eine robuste, pflegeleichte und leistungsstarke Maschine geschätzt wurde. Ihre charakteristische Form brachte ihr bei den Eisenbahnfreunden den Spitznamen »Dicke Babelsbergerin« ein.

Schwerwiegende Folgen für die Zukunft der Baureihe 118 hatte ab 1991 die gemeinsame Verwaltung der Reichs- und Bundesbahn. Die

Die Leuna-Werke stellten 1968/69 vier Maschinen der Baureihe V 180.2-4 in Dienst. Infra Leuna besitzt heute noch zwei remotorisierte Loks für den Güterzugdienst. Lok 204 war im Sommer 2010 zu einer Instandsetzung in Neustrelitz. *Foto: R. Kutschke*

Richtlinien für die langfristige Entwicklung des Fahrzeugparks beider Bahnverwaltungen gaben meist Bundesbahner vor, und bei der Deutschen Bundesbahn (DB) gab es zwei wichtige technische Grundsätze - keine Dieselloks mit zwei Motoren und keine dreiachsigen Drehgestelle. Damit war das Schicksal der »Dicken Babelsbergerin« besiegelt. Der Zusammenbruch des Personen- und Güterverkehrs auf den Strecken der DR beschleunigte diese Entwicklung. Bereits am 26. Januar 1991 wurde 118 075 als letztes Exemplar der Baureihe 118.0 ausgemustert. Bei der Einführung des einheitlichen Nummernsystems von DB und DR am 1. Januar 1991 gehörten nur noch 29 Loks der Baureihe 228.1 (ex Baureihe 118.1), 18 Loks der Baureihe 228.2-4 (ex Baureihe 118.2-4), 36 Loks der Baureihe 228.5 (ex Baureihe 118.5) und 175 Loks der Baureihe 228.6-8 (ex Baureihe 118.6-8) zum Betriebspark. Drei Jahre später waren nur noch wenige vierachsige Maschinen vorhanden. 228 133 und 228 175 wurde als letzte ihrer Type am 30. November 1994 ausgemustert. Den Schlusspunkt unter die Geschichte der vierachsigen »Dicken Babelsbergerinnen« setzte am 31. Dezember 1994 die Ausmusterung der 228 578. Am 1. Januar 1995 gehörten lediglich noch 60 Loks der Baureihen 228.2-4 und 228.6-8 zum Bestand. 228 372 hatte am 31. Oktober 1995 als letzte Lok der ehemaligen Baureihe V 180.2-4 ausgedient. Die Deutsche Bahn AG (DB AG) hielt fortan nur noch zehn Exemplare der Baureihe 228.6-8 für Sonderdienste vor. Erst am 10. Juni 1998 trennte sich die DB AG von ihren letzten »Babelsbergerinnen«. Die meisten Maschinen wurden verschrottet. Nur wenige Exemplare blieben bis heute als Museumsstücke oder bei privaten Bahnunternehmen erhalten.

In Diensten der Privaten

Nach dem Ausscheiden der Baureihe 228 aus dem Bestand der DB AG schien das Schicksal der »Babelsbergerinnen« besiegelt zu sein. Doch mit der so genannten »Bahnreform« und dem daraus resultierenden Wettbewerb im Schienenverkehr entstanden ab Mitte der

Lok 201 der Mitteldeutsche Eisenbahn (MEG) hatte am 27.4.2008 einen Güterzug bei Aken im Schlepp.
Foto: St. Matto

1990er-Jahre zahlreiche neue Eisenbahnunternehmen, die ihre Dienste zunächst im Güter- und Bauzugdienst später dann auch im Öffentlichen Personennahverkehr (ÖPNV) erfolgreich anboten. Vor allem für den Frachtverkehr wurden in der zweiten Hälfte der 1990er-Jahre zahlreiche leistungsfähige Dieselloks benötigt. Da die Beschaffungskosten für neue Fahrzeuge hoch waren, griffen viele Unternehmen auf ältere, bei der Staatsbahn nicht mehr benötigte Maschinen zurück. Für den mittleren Leistungsbereich boten sich die Maschinen der V 100-Familie der Bundesbahn (Baureihen 211, 212 und 214) und der Reichsbahn (Baureihen 201, 202, 204 und 298) an. Für die Leistungsklasse um 2.000 PS bot sich hingegen die ehemalige Baureihe V 180 der DR an. Obwohl einige Maschinen schon über 30 Jahre alt waren, gab es damals noch genügend Ersatzteile sowie Lokführer und Schlosser, die mit der »Dicken Babelsbergerin« vertraut waren. Daher kehrte die Baureihe 228 wieder in den Zugdienst zurück.

Als erstes Unternehmen setzte die Karsdorfer Eisenbahn GmbH (KEG) eine »Dicke Babelsbergerin« ein. Die KEG erwarb von einem Eisenbahnverein die ehemalige BUNA-Lok 204, setzte diese in der eigenen Werkstatt in Karsdorf instand und nutzte die Maschine ab dem Frühjahr 1996 deutschlandweit vor Arbeits-, Bau- und Güterzügen. Auch Eisenbahnfreunde charterten Lok 204 für Sonderfahrten oder Lokausstellungen. Später erwarb die KEG die ehemaligen Leuna-Loks 201 und 203 sowie die einstige 118 706, die nicht mehr betriebsfähig aufgearbeitet wurden.

Auch die ITL Eisenbahn GmbH (ITL) aus Dresden griff auf die »Dicke Babelsbergerin« zurück. Das Unternehmen erwarb von der Regentalbahn zwei Maschinen, die ab Januar 1999 als 118 001 (ex 118 119) und 118 002 (ex 118 552) im Einsatz waren. Später stockte das Unternehmen, das seine Fahrzeuge im ehemaligen Bahnbetriebswerk (Bw) Kamenz betreute, seinen Bestand um 118 003 (ex 118 585) und 118 004 (ex 118 124) auf. Die grün lackierten Maschinen bespannten in erster Linie Bau- und Güterzüge.

Mit einem Ganzzug aus Zementwagen war Lok 206 der MEG am 6.2.2006 bei Holleben unterwegs.
Foto: St. Matto

In den folgenden Jahren nutzten auch weitere Eisenbahnunternehmen die ehemalige Baureihe V 180. Die D & D Eisenbahngesellschaft mbH (D & D) aus Hagenow Land hielt mit den Loks 2401 (ex 118 705), 2402 (ex 118 757) und 2403 (ex 118 758) drei Maschinen vor. Die Spitzke Logistik GmbH aus Berlin übernahm die ehemalige 118 203 und setzte sie nach einer Hauptuntersuchung als V 180-Sp-020 ein. Weitere Lokomotiven wurden von der EfW-Verkehrsgesellschaft mbH aus Köln (ex 118 168), der Eisenbahn-Verkehrs-Gesellschaft mbH im Bergisch Märkischen Raum aus Dieringhausen (ex 118 742), der LOCON Logistik & Consulting AG (Lok 301, ex 118 656), der Uwe Adam Eisenbahnverkehrsgesellschaft mbH aus Sattelstädt (ADAM; ex 118 721), der Hessischen Güterbahn GmbH (ex 118 792), der RAR Eisenbahnservice AG (ex 118 672), der PBSV Verkehrs GmbH (ex 118 731) und der Westfälischen Almetalbahn GmbH (WAB; ex 118 548, 118 633 und 118 719) betrieben. Zeitweise waren rund 25 ehemalige V 180 im Einsatz.

Nur einzelne Maschinen wurden mit modernen Catarpillar-Motoren ausgerüstet. Dazu zählen u.a. die Loks 204 und 205 der Infra Leuna, Infrastruktur und Service GmbH. Die alten Aggregate des Typs 12 KVD 18/21 AL-4 wurden durch zwei 1.050 kW starke Motoren ersetzt. Infra Leuna setzt seine »Dicken Babelsbergerinnen« noch immer ein.

Den größten V 180-Bestand hielt die am 1. Oktober 1998 gegründete Mitteldeutsche Eisenbahn GmbH (MEG) vor. Die in Schkopau ansässige MEG übernahm das Personal und die Fahrzeuge der Werkbahnen des ehemaligen BUNA-Kombinats. Dazu gehörten auch die Loks 201, 202 und 203, die Ende des Jahres 2000 wieder instandgesetzt wurden. Bereits im Juni 1999 hatte die MEG von der DB AG vier Maschinen der Baureihe 228.6-8 erworben, die als Loks 205 (ex 118 788), 206 (ex 118 748), 207 (ex 118 791) und 208 (ex 118 786) in den Fahrzeugbestand eingereiht wurden. Außerdem übernahm die MEG noch die ehemalige 118 700 als Ersatzteilspender. Ab Oktober 2000 bespannte die MEG mit der Baureihe V 180 u.a. Zementganzzüge zwischen Rüdersdorf und

Oben:
Hinter der V 200.21 der EBW Cargo verbarg sich die ehemalige Lok 204 der BUNA-Werke. Heute ist die sechsachsige V180 als Lok 20 bei Wedler & Franz (WFL) im Einsatz.

Mitte:
Die Lok 20 der Wedler & Franz (WFL) kann auf eine bewegte Geschichte zurückblicken (siehe Lokliste). Am 11. Juni 2001 pausierte die sechsachsige V 180 vor dem Bw der Magdeburger Hafenbahn.

Unten:
Im Frühjahr 2003 setzte die DB Netz AG V 180 der MEG für Bauzugdienste auf der als »Rübelandbahn« bekannten Steilstrecke Blankenburg (Harz)–Elbingerode ein.
MEG-Loks 205 und 206 (im Hintergrund) hielten am 27..42003 in Blankenburg Wochenendruhe.

Rostock Seehafen (teilweise in Doppeltraktion). Außerdem brachten die Maschinen ab dem Frühjahr 2004 Zementzüge nach Regensburg. Ende 2004 setzte die MEG ihre »Dicken Babelsbergerinnen« vor Holzzügen auf der Strecke Saalfeld–Lobenstein ein, was zahllose Eisenbahnfreunde nach Thüringen lockte. Außerdem machten sich die MEG-V 180 auch deutschlandweit vor Gleismess-, Arbeits- und Bauzügen nützlich. Dadurch gelangten beispielsweise die Loks 205 und 206 im Frühjahr 2003 zur »Rübelandbahn« (Strecke Blankenburg-Rübeland-Elbingerode).
Allerdings hat die ehemalige Baureihe V 180 seit dem

Die Abschiedsparade der MEG-V 180 am 26.6.2010. Aus diesem Anlass erhielten die Loks 202 und 203 ihre alten Nummernschilder aus BUNA-Zeiten.

Jahr 2010 bei den Privatbahnen erheblich an Bedeutung verloren. Dafür gibt es im Wesentlichen zwei Gründe. Zum einen sind auch die »jüngsten« Maschinen über 40 Jahre alt. Wichtige Baugruppen, wie z.B. Drehgestelle, Motoren und Getriebe, erreichen langsam ihre Nutzungsgrenze. Zum anderen sind die Betriebskosten für die beiden Maschinenanlagen höher als bei einem Motor mit der gleichen Leistung. Von den einst 30 Privatbahn-V 180 waren im Herbst 2013 nicht einmal mehr ein Dutzend einsatzfähig.Betriebsfähige Maschinen halten derzeit u.a. die Cargo Logistik Rail Service GmbH (ex 118 721), die Erfurter Bahnservice GmbH (ex 118 757), Infra Leuna (Lok 203, 204), LOCON (ex 118 656), die MEG (ex 118 748), die Rennsteigbahn GmbH (ex 118 758) und Wedler & Franz (ex Lok 204 der BUNA-Werke) vor. Außerdem haben die Uwe Adam Eisenbahnverkehrsgesellschaft mbH, die Container Terminal Halle/Saale GmbH, die ITL und die Westfälische Almetalbahn GmbH noch Loks im Bestand.

Infra Leuna ließ seine beiden V 180 mit modernen Catarpillar-Motoren ausrüsten. Lok 205 stand am 29.5.2010 in Weimar.

Diesellokomotiven der DR-Baureihe V 180 bei Privatbahen (Stand 1.12.2013)

Betr.Nr.	Hersteller	Bj./FNr.	Bemerkungen
Uwe Adam Eisenbahnverkehrsgesellschaft mbH			
V 180 168	LKM	1966/275.155	V 180 168 / ADAM 15; Ersatzteilspender; ex V 180 168; ex Regentalbahn; ex Lokpool Verwaltungs GmbH & Co. KG; ex EfW-Verkehrsgesellschaft mbH
ARCO Transportation			
Leuna 201	LKM	1969/280.160	abgestellt; ex Leuna-Werke
Leuna 203	LKM	1969/280.162	abgestellt; ex Leuna-Werke
Cargo Logistik Rail Service GmbH			
228 321	LKM	1968/280.125	betriebsfähig; ex V 180 321; Umbau in 118 731 am 18.6.1990; ex Bernd Falz; ex D & D Eisenbahngesellschaft mbH, ex Uwe Adam Eisenbahnverkehrsges. mbH (V 180 321 / ADAM 8)
Container Terminal Halle/Saale GmbH			
118 203	LKM	1966/280.003	betriebsfähig; ex V 180 203; ex Eisenbahn-Museum-Prora; ex Prignitzer Eisenbahn; ex Spitzke Logistik GmbH (V 180-SP-020)
D & D Eisenbahngesellschaft mbH			
2401	LKM	1968/280.105	abgestellt; ex V 180 305; Umbau in 118 705 am 27.8.1987; ex Bernd Falz
Erfurter Bahnservice GmbH			
228 742	LKM	1968/280.146	abgestellt; ex V 180 342; Umbau in 118 742 am 28.2.1990; ex Eisenbahnmuseum Dieringhausen; ex Eisenbahn-Verkehrs-Gesellschaft mbH im Bergisch Märkischen Raum, ex ARCO Transportation (52050.05-5)
228 757	LKM	1969/280.166	228 757; betriebsfähig; ex V 180 357; Umbau in 118 757 am 29.12.1984; ex Bernd Falz, ex D & D Eisenbahngesellschaft mbH (2403)
Infra Leuna, Infrastruktur und Service GmbH			
Leuna 204	LKM	1969/280.163	IL 204; betriebsf.; m. Catarpillar-Motor; ex Leuna-Werke
Leuna 205	LKM	1969/280.164	IL 204; betriebsf.; m. Catarpillar-Motor; ex Leuna-Werke
ITL Eisenbahn GmbH			
118 001	LKM	1965/275.106	abgestellt; ex V 180 119; ex ex Regentalbahn (D 05), ex OnRail
118 002	LKM	1965/275.052	betriebsfähig; ex V 180 052; Umbau in 118 552 am 1.11.1983; ex Regentalbahn (D 06), ex OnRail
118 003	LKM	1965/275.085	abgestellt; ex V 180 085; Umbau in 118 585 am 21.2.1983; ex IG Werrabahn e.V.
118 004	LKM	1965/275.111	abgestellt; ex V 180 124; ex Bayer. Eb.-Mus. Nördlingen

Diesellokomotiven der DR-Baureihe V 180 bei Privatbahnen (Stand 1.12.2013)

Betr.Nr.	Hersteller	Bj./FNr.	Bemerkungen
LOCON Logistik & Consulting AG			
Lok 301	LKM	1967/280.056	betriebsfähig; ex V 180 256; Umbau in 118 656 am 30.07.1990; ex Bernd Falz; ex AMP Bahnlogistik GmbH (Nr. 8); ex Adam & Malowa Lokvermietung GmbH (V 180 256)
Mitteldeutsche Eisenbahn GmbH			
Lok 201	LKM	1968/280.110	Lok 201; abgestellt; ex BUNA-Werke; Leihgabe an Geraer Eisenbahnwelten e.V.
Lok 202	LKM	1968/280.111	Lok 202; abgestellt; ex BUNA-Werke, Leihgabe an Eisenbahnfr. Traditions-Bw Staßfurt e.V.
Lok 203	LKM	1968/280.112	Lok 203; abgestellt; ex BUNA-Werke
Lok 205	LKM	1969/280.197	Lok 205; abgestellt; ex V 180 388; Umbau in 118 788 am 25.6.1981; Leihgabe an Thüringer Eisenbahnverein e.V.
Lok 206	LKM	1968/280.152	Lok 206; betriebsfähig; ex V 180 348; Umbau in 118 748 am 1.8.1980
Lok 207	LKM	1969/280.200	Lok 207; abgestellt (Ersatzteilspender); ex V 180 391; Umbau in 118 791 am 24.2.1989
Lok 208	LKM	1969/280.195	Lok 208; abgestellt; ex V 180 386; Umbau in 118 786 am 29.8.1989
PBSV Verkehrs GmbH			
Lok 17	LKM	1968/280.135	abgestellt; ex V 180 331; Umbau in 118 731 am 18.4.1983; ex Transport & Logistik AG
Rennsteigbahn GmbH			
118 758	LKM	1969/280.167	228 758; betriebsfähig; ex V 180 358; Umbau in 118 758 am 27.11.1984; ex Bernd Falz, ex D & D Eisenbahngesellschaft mbH (2402)
Wedler & Franz GbR			
Lok 20	LKM	1968/280.113	betriebsfähig; ex BUNA-Werke (Lok 204); ex Eisenbahnmuseum Dieringhausen; ex KEG; ex EBW Cargo GmbH (V 200.21)
Westfälische Almetalbahn GmbH			
-.-	LKM	1969/280.181	abgestellt; ex V 180 372; ex Magdeburger Eisenbahnfreunde
WAB 24	LKM	1967/280.033	betriebsfähig; ex V 180 233; Umbau in 118 633 am 1.3.1983; ex IG 58 3047 e.V.
WAB 25	LKM	1968/280.123	betriebsfähig; ex V 180 319; Umbau in 118 719 am 20.8.1985; ex Eisenbahn-Museum Dieringhausen
WAB 27	LKM	1964/275.048	Ersatzteilspender; ex V 180 048; Umbau in 118 548 am 31.1.1984; ex Lokpool der Bombardier Transportion, ex Bernd Falz, ex Regentalbahn

Christian Völk

NBE-Rail GmbH

Im Sommer 2012 beging die in Aschaffenburg ansässige NBE Rail GmbH ihr zehnjähriges Jubiläum. Das ist Grund genug für einen kleinen Rückblick. Am 26. August 2002 wurde in Aschaffenburg die Nordbayerische Eisenbahngesellschaft mbH (NbE) gegründet. Das Unternehmen ist als Eisenbahnverkehrsunternehmen (EVU) zugelassen, verfügt aber über kein eigenes Streckennetz. Es werden Schienenverkehrsleistungen in den Bereichen Güterverkehr und Baudienst für Kunden im In- und Ausland erbracht. Den bisher wohl außergewöhnlichste Einsatz erbrachten zwei Lokomotiven auf einer Gleisbaustelle in Algerien. Am 20. August 2010 wurde die NbE in NBE RAIL GmbH umbenannt. Diese gehört heute zur NBE GROUP, die folgende Tochterunternehmen betreibt:

NBE RAIL GmbH, Aschaffenburg (Gründung 26. August 2002): EVU, Lokomotiven, Traktion, Personale

NBE LOGISTIK GmbH, Wittenberge (Gründung 1. Mai 2006 als NbE Bahnlogistik): Bahn- und Bauzuglogistik, Arbeitszugführer

NBE REGIO GmbH, Aschaffenburg (Gründung 13. August 2010); Beteiligung an Ausschreibungen für Schienenpersonennahverkehr

STÄDTEBAHN GmbH, Aschaffenburg (Gründung 8. Oktober 2010): Schienenpersonennahverkehr im Raum Dresden gemeinsam mit Eisenbahngesellschaft Potsdam (EGP)

LOKSERVICE 24 GmbH (Gründung 1. Mai 2006): Werkstatt und Instandsetzung gemeinsam mit MWB Mittelweserbahn

LOCOMOTIVES POOL GmbH, Großostheim (Gründung 27.12.2006; bis 31.12.2007 NbE Verwaltungs GmbH): Lokvermietung

NBE MINERALS Sp.z.o.o., Warschau: Eisenbahn-Spedition

NBE RAIL POLSKA Sp.z.o.o., Warschau (Gründung Dezember 2009): EVU in Polen

Der Triebfahrzeugpark setzt sich aus verschie-

***NBE-Rail:** Diesellok 212 311 am 11.4.2008 in München Ost.*

Oben:
NBE 232 105 am 30.8.2008 in München Süd.

Mitte:
NBE 212 364 und 212 063 am 4.9.2011 in Leutkirch.

Unten:
NBE 361 051 am 25.4.2010 in Müchen-Milbertshofen.

Alle Fotos zu diesem Bericht von Christian Völk

denen Bundesbahn- und Reichsbahntypen sowie deren Modernisierungsvarianten zusammen.
Das Erscheinungsbild ist recht einheitlich: Die bayerischen Landesfarben Weiß und Blau werden kombiniert mit der Warnfarbe Orange. Auch das Landeswappen am Führerstand darf nicht fehlen.
Vor allem in der Gleisbausaison wird der eigene Fahrzeugpark noch um Mietlokomotiven verstärkt. Umgekehrt werden bisweilen eigene Lokomotiven über das Schwesterunternehmen LOCOMOTIVES POOL vermietet.
Die Tabelle zeigt die Triebfahrzeuge im Eigentumsbestand von NBE RAIL, also ohne Berücksichtigung von Mietlokomotiven.
Das Symbol # kennzeichnet die noch heute im Bestand befindlichen Fahrzeuge inklusive derer, die sich noch in Aufarbeitung befinden.

DIE KLEINBAHN
im Internet:
www.zeunert.de

Lokliste NBE-Rail GmbH

Nummer	Bauart	Hersteller	B./FNr.	Typ	Geschichte
202 330-7	B'B'-dh	LEW	1971/12839	V 100	neu an DR 110 330, 1990 Umbau in 112 330, 1994 an DB 202 330-7, 2001 an TSD, 2006 an HWB, 2008 an NBE, 2011 an ALS, 2011 an EBM Cargo
202 547-6	B'B'-dh	LEW	1973/13586	V 100	neu an DR 110 547, 1989 Umbau in 112 547, 1994 an DB 202 547-6, 1997 an SLG V100-SP-002, 2006 an NBE, 2007 an ALS
203 160-7	B'B'-dh	LEW	1974/13955	203.1	neu an DR 110 637, 1983 Umbau in 112 637, 1994 DB 202 637-5, 2000 an Eisenbahn Kosovo, 2007 an PRESS, 2007 an ALS (Umbau Typ 203.1), 2009 an NBE (bis 2010 Nr. 203 637-4)
203 162-3	B'B'-dh	LEW	1975/14843	203.1	neu an DR 110 786, 1985 Umbau in 112 786, 1994 DB 202 786-0, 1999 an Eisenbahn Kosovo, 2007 an PRESS, 2007 an ALS (Umbau Typ 203.1), 2010 an NBE (bis 2010 Nr. 203 786-9)
203 163-1	B'B'-dh	LEW	1973/13931	203.1	neu an DR 110 613, 1985 Umbau in 112 613, 1994 DB 202 613-6, 1999 an Eisenbahn Kosovo, 2007 an PRESS, 2007 an ALS (Umbau Typ 203.1), 2010 an NBE (bis 2010 Nr. 203 613-5)
203 214-2	B'B'-dh	LEW	1973/139896	203.1	neu an DR 110 577, 1992 Umbau in 112 577, 1994 DB 202 577-3, 2002 an ALS (Umbau Typ 203.1), 2004 an D&D 1403, 2008 an NBE
212 058-2	B'B'-dh	MaK	1963/1000194	V 100	neu an DB V100 2058, 1968 Umbezeichnung in 212 058-2, 2002 an ALS, 2010 an NBE
212 063-2	B'B'-dh	MaK	1963/1000199	V 100	neu an DB V100 2063, 1968 Umbezeichnung in 212 063-2, 2010 an ALS, 2010 an NBE
212 089-7	B'B'-dh	MaK	1964/1000225	V 100	neu an DB V100 2089, 1968 Umbezeichnung in 212 089-7, 2002 an ALS, 2006 an NBE, 2007 an BOB
212 242-2	B'B'-dh	MaK	1965/1000289	V 100	neu an DB V100 2242, 1968 Umbezeichnung in 212 242-2, 2006 an LCH 22, 2009 Umbezeichnung in 0469 003-1, 2012 an ALS, 2012 an NBE
212 256-2	B'B'-dh	MaK	1965/1000303	V 100	neu an DB V100 2256, 1968 Umbezeichnung in 212 256-2, 2002 an ALS , 2006 an NBE
212 261-2	B'B'-dh	MaK	1965/1000308	V 100	neu an DB V100 2261, 1968 Umbezeichnung in 212 261-2, 2002 an ALS, 2005 an NBE
212 267-9	B'B'-dh	MaK	1965/1000314	V 100	neu an DB V100 2267, 1968 Umbezeichnung in 212 267-9, 2006 an LCH 23, 2009 Umbezeichnung in 0469 004-9, 2012 an ALS, 2012 an NBE
212 270-3	B'B'-dh	MaK	1965/1000317	V 100	neu an DB V100 2270, 1968 Umbezeichnung in 212 270-3, 2002 an ALS, 2006 an NBE
212 297-6	B'B'-dh	MaK	1965V1000344	V 100	neu an DB V100 2297, 1968 Umbezeichnung in 212 297-6, 2002 an ALS, 2005 an NBE, 2009 an ALS
212 311-5	B'B'-dh	MaK	1966/1000358	V 100	neu an DB V100 2311, 1968 Umbezeichnung in 212 311-5, 2002 an ALS, 2004 an NBE
212 364-4	B'B'-dh	Deutz	1965/57764	V 100	neu an DB V100 2364, 1968 Umbezeichnung in 212 364-4, 2002 an ALS, 2010 an NBE
212 369-3	B'B'-dh	Deutz	1965/57769	V 100	neu an DB V100 2369, 1968 Umbezeichnung in 212 369-3, 2002 an ALS, 2010 an NBE
212 375-0	B'B'-dh	Deutz	1965/57775	V 100	neu an DB V100 2375, 1968 Umbezeichnung in 212 375-0, 2002 an ALS, 2003 an Rent-a-Lok, Overath, 2004 an NBE, 2005 an ALS, 2006 an Meccoli (Frankreich)
214 001-0	B'B'-dh	Jung	1964/13673	214	neu an DB V100 2197, 1968 Umbezeichnung in 212 197-8, 2002 an ALS (Umbau in Typ 214), 2007 an NBE (bis 2010 Nr. 212 197-8)
214 002-8	B'B'-dh	Jung	1964/13672	214	neu an DB V100 2196, 1968 Umbezeichnung in 212 196-0, 2002 an ALS (Umbau in Typ 214), 2008 an NBE (bis 2010 Nr. 212 196-0)
214 006-9	B'B'-dh	Henschel	1963/30818	214	Lokname WAIBSTADT;neu an DB V100 2132, 1968 Umbezeichnung in 212 132-5, 2002 an ALS (Umbau in Typ 214), 2008 an NBE (bis 1010 Nr. 212 132-5)
214 011-9	B'B'-dh	Henschel	1963/30807	214	neu an DB V100 2121, 1968 Umbezeichnung in 212 121-8, 2002 an ALS (Umbau in Typ 214), 2008 an NBE (bis 2010 Nr. 212 121-8)
225 002-5	B'B'-dh	Krupp	1969/4981	215	neu an DB 215 002-7, 2001 Umbezeichnung in 225 002-5, 2012 an NEB
225 006-6	B'B'-dh	Krupp	1969/4985	215	neu an DB 215 006-8, 2001 Umbezeichnung in 225 006-6, 2012 an NEB
225 071-0	B'B'-dh	MaK	1970/2000076	215	neu an DB 215 071-2, 2001 Umbezeichnung in 225 071-0, 2011 an NBE
225 079-3	B'B'-dh	MaK	1970/2000084	215	neu an DB 215 079-5, 2001 Umbezeichnung in 225 079-3, 2011 an NBE
232 105-9	Co'Co'-de	Lugansk	1973/117	TE 109	neu an DR 131 015-0, 1994 an DB 231 015-9, 1996 an Fahrzeugsammlung Falz, Basdorf/Jüterbog, 1999 an EBG, 2000 Umbau bei ADtranz unter Fabriknummer 72610 in Lok W232.05, 2006 an NBE (anfangs wenige Tage als 232 135-9)
232 107-5	Co'Co'-de	Lugansk	1973/113	TE 109	neu an DR 131 011-9, 1994 an DB 231 011-8, 1994 an Fahrzeugsammlung Falz, Basdorf/Jüterbog, 1999 an EBG, 2000 Umbau bei ADtranz in Lok W232.07, 2009 an NBE
346 005-2	D-dh	LEW	1980/16967	V 60 D	neu an EIB 4, 2000 an PEG V60.05, 2005 an NBE
346 007-8	D-dh	LEW	1966/11321	V 60 D	neu an BKK Senftenberg Di255-65-B4, 1995 an LMBV 15, 2000 an PEG V60.07, 2005 an NBE
361 051-6	C-dh	MaK	1957/600138	V 60	neu an MaK V60 101, 1967 an Maxhütte, Sulzbach-Rosenberg, 1998 an MFB, 1999 an KEG 021 (später Nr. 0651), 2006 an RBZ, 2007 an Rail & Service, Hessisch Lichtenau, 2007 an NBE (bis 2009 Nr. 261 000-4)
364 403-6	C-dh	MaK	1958/600161	V 60	neu an DB V 60 403, 1968 Umbezeichnung in 260 403-1, 1987 Umbezeichnung in 360 403-0, 1991 Umbau in 364 403-6, 2009 an BSM, 2010 an Privat, 2010 an NBE
365 227-8	C-dh	Krupp	1963/4639	V 60	neu an DB V 60 1227, 1968 Umbezeichnung in 261 227-3, 1987 Umbezeichnung in 361 227-2, 1989 Umbau in 365 227-8, 2009 an BSM, 2010 an Privat, 2010 an NBE

NBE 203 163 am 21.9.2010 in München Ost.

Abkürzungen in der NBE-Lokliste

ALS = Alstom Lokomotiven Service, Stendal
BKK = Braunkohlenkombinat
BOB = Bayerische Oberlandbahn
BSM = Bahnservice Mannheim
D&D = D&D Eisenbahngesellschaft, Hagenow-Land
DB = Deutsche Bundesbahn/Deutsche Bahn AG
DR = Deutsche Reichsbahn
EBG = Eisenbahn-Betriebs-Gesellschaft, Prora
EBM = Eisenbahnbetriebsgesellschaft
Mittelrhein, Gummersbach
EIB = Erfurter Industrie-Bahn
HWB = Hochwaldbahn, Hermeskeil
KEG = Karsdorfer Eisenbahn
LCH = Logistic Center Hungaria, Györ (Ungarn)
LMBV = Lausitzer und Mitteldeutsche
Bergbau-Verwaltungsgesellschaft, Senftenberg
MFB = Mainische Feldbahnen, Schwerte
PEG = Prignitzer Eisenbahn
PRESS = Eisenbahn-Bau- und Betrieb sgesellschaft,Pressnitztalbahn
RBZ = Regionalbahn Zeitz
SLG = Spitzke Logistik Gesellschaft, Großbeeren
TSD = Transport-Schienen-Dienst, Burbach

NBE 203 162 am 4.9.2011 in Leutkirch.

Dieter Riehemann

Kleinbahnreisen als Sonderfahrten

Hümmlinger Kreisbahn

Im Sommer 1970 hatte ich mir während des Urlaubs vorgenommen, alle nordwestdeutschen Kleinbahnen, die noch regelmäßigen Schienenpersonenverkehr anboten, zu bereisen. Leider hatte die Hümmlinger Kreisbahn (HKB; Strecke Lathen-Werlte) bereits am 31.3.1970 den Reisezugverkehr eingestellt, so dass ich die Bahn in diesem Rahmen nicht besuchte. Erst 1974 lernte ich sie kennen. Die Betriebsleitung hatte mir auf Anfrage erlaubt, am 10.6.1974 auf der Lok des Güterzuges von Lathen nach Werlte mitzufahren. Die Fahrt war nicht nur hinsichtlich der gewonnenen optischern Eindrücke äußerst interessant. Der sehr kommunikative Lokführer der Kreisbahn wusste sehr viel über die Geschichte der bis 1957 als Schmalspurbahn betriebenen Kreisbahn sowie allerlei andere Dinge rechts und links der Bahnstrecke zu erzählen, wie zum Beispiel die Besonderheiten für die Kreisbahnzüge bei Durchquerung des militärischen Schießplatzes zwischen Lathen und Sögel. In Werlte ange-

Hümmlinger Krsb.: *VT 1 am 12.10.1974 auf dem Damm über den nicht fertiggestellten Ems-Seitenkanal zwischen Rupennest und Lathen.* *Alle Fotos zu diesem Bericht von Dieter Rieheman*

***Hümmlinger Krsb.:** VT 1 am 12.10.1974 im Bahnhof Waldhöfe. Man beachte das Gleis in Sandbettung, den rustikalen Bahnsteig und die Stückgutrampe zum Güterschuppen rechts im Bild.*

kommen führte er mich noch durch die Kreisbahnwerkstatt, wo u.a. der Triebwagen VT 1 (Talbot 1957/95135) voll betriebsfähig und in sehr gepflegtem Zustand stand. Da ich den Personenverkehr auf der HKB ja leider »verpasst« hatte, kam bei mir relativ spontan der Wunsch auf, mit diesem schicken VT eine Fotofahrt auf der Kreisbahnstrecke zu unternehmen. »Mein« Lokführer ermunterte mich, mal diesbezüglich bei der Betriebsleitung nachzufragen und erklärte schon vorsorglich, dabei auch gerne Fahrzeugführer sein zu wollen.

Die Betriebsleitung gab rasch und unbürokratisch das Einverständnis zu dem Vorhaben, und auch der Preis war in Ordnung. So kam es, dass ich am 12.10.1974 meine erste Fotosonderfahrt veranstaltete.

Mit der beabsichtigt überschaubaren Anzahl Teilnehmer startete der VT 1 um 10.05 Uhr in Lathen, nachdem der von Lok L 2 gezogene Kreisbahngüterzug aus Werlte (ja, das gab es hier selbst an Samstagen noch!) dort angekommen war. Unterwegs hatten wir etliche Halte zum Fotografieren und in Sögel einen längeren Aufenthalt, da uns hier die L 2 mit dem Güterzug auf der Rückfahrt von Lathen nach Werlte überholte. Daneben bestand die Möglichkeit, unseren Triebwagenführer auf einer kleinen Ortsführung zur Erkundung der ehemaligen Schmalspurbahntrasse sowie zur Lage des einstigen Schmalspurbahnhofs im Ortszentrum zu begleiten. In Werlte war, wie bestellt, eine kleine Fahrzeugschau mit den Loks L 2 und L 3 und dem VT 2 mit VB 2 aufgestellt. Leider konnte die Krupp-Diesellok L 1 nicht im Freien gezeigt werden. Um 16.07 Uhr waren wir schließlich pünktlich wieder in Lathen und die erfolgreiche Fahrt machte Lust auf weitere derartige Touren »im kleinen Kreis«.

***WLE:** VT 1032 (links) und VS 1532 + VT 1033 kreuzen am 22.3.1975 im Bahnhof Lippstadt Nord.*

Westfälische Landes-Eisenbahnen

Die Einstellung des VT-Verkehrs stand 1975 bei der Westfälischen Landes-Eisenbahn an. Die vierachsigen Uerdinger-Züge der WLE (VT 1031, 1032 und 1033 sowie die passenden Steuerwagen VS 531, 1532 und 1533) waren 1953 speziell für die WLE gebaut worden (VS 1531 nach Unfall + 1973), und mein langjähriger Hobby-Weggefährte Joachim Petersen aus Osnabrück und ich schätzen die Fahrzeuge sowohl hinsichtlich Fahrkomfort wie optischer Eleganz sehr. Mit Einstellung des VT-Verkehrs war der Verkauf der Fahrzeuge nach Italien bereits beschlossene Sache, und so lag es nahe, eine Abschiedstour mit einem dieser schönen Triebwagen auf WLE-Strecken zu veranstalten. Diese (und alle späteren Sonderfahrten) organisierten Joachim Petersen und ich gemeinsam unter wechselnder Federführung.

Die WLE-Betriebsleitung akzeptierte unseren Wunsch, und die Kosten für den Sonderzug hielten sich im kalkulierbaren Rahmen. Aus Zeitgründen war das Befahren aller WLE-Strecken des »Stammnetzes« an einem Tag jedoch nicht möglich, wenn noch ausreichend Zeit für Fotohalte bleiben sollte. Wir begannen am 22.3.1975 mit unserer Sonderfahrt, für die die WLE-Werkstatt den VT 1032 eingeteilt hatte, daher in Neubeckum im unmittelbaren Anschluss nach Ankunft des planmäßigen WLE-Triebwagenzuges (VT 1033 + VS 1532) aus Münster, so dass Fahrtteilnehmer auch die Möglichkeit zur Anreise mit einem WLE-VT aus Münster hatten. Unser erstes Ziel war Ennigerloh an der ehemals bis Warendorf führenden WLE-Strecke. Dann ging es, unterbrochen von zahlreichen Fotohalten, über Neubeckum, Beckum, Lippstadt und Belecke nach Warstein. Unterwegs kreuzten wir in Wadersloh mit dem Planzug VT 1033 + VS 1532 auf der Rückfahrt von Lippstadt nach Münster, und in Erwitte überholte uns VL 0631 mit dem planmäßigen Personenzug Lippstadt-Warstein. Von Warstein

WLE: *VT 1032 am 22.3.1975 im Bahnhof Warstein.*

fuhr unser VT anschließend über Belecke auf den seinerzeit noch komplett in Betrieb befindlichen Ostabschnitt der WLE-Möhnetalbahn bis Brilon-Stadt und zurück über Belecke und Lippstadt nach Neubeckum. In Lippstadt Nord begegneten uns dabei nochmals VT 1033 mit VS 1532 aus Münster, der letzte Planzug des Tages. Wenige Tage nach unserer Sonderfahrt wurden die WLE-VT zwecks Vorbereitung der Überführung nach Italien aus dem Verkehr gezogen und die noch bis zum Fahrplanwechsel im Mai vorgesehenen VT-Leistungen auf den WLE-Strecken übernahmen Triebwagenersatzzüge (Diesellok plus Personenwagen).

WLE: *VT 1032 überquerte am 22.3.1975 den Haarstrang zwischen Drewer und Belecke.*

DIE KLEINBAHN im Internet: www.zeunert.de

Tecklenburger: *Lok 22 mit Reisesonderzug am 3.4.1976 im Bahnhof Westerkappeln.*

Tecklenburger Nordbahn

Meine »Hausbahn«, durch die ich auch zum Kleinbahnhobby gekommen bin, war die Tecklenburger Nordbahn (TN). Ich kannte sie durch viele eigene Wahrnehmungen. Später folgten auch berufliche Kontakte. Außerdem bestanden zu einem ehemaligen TN-Beschäftigten, der leidenschaftlicher Kleinbahner und schon zu Schmalspurzeiten dort tätig war, verwandtschaftliche Beziehungen. Leider hatte die TN ihren letzten Triebwagen VT 5 im Jahr 1970, also drei Jahre nach Einstellung des restlichen Schienenpersonenverkehrs, an die Vorwohle-Emmerthaler Verkehrsbetriebe verkauft, und es standen somit keine eigenen Fahrzeuge für Reiseverkehre mehr zu Verfügung. Die TN mit einem Sonderzug zu befahren war daher nicht so einfach wie bei den vorherigen Fahrten. Aber dank eines guten Drahtes zum Betriebsleiter der TN sowie zur DB-Generalvertretung Osnabrück gelang es, am 3.4.1976 solch eine Fahrt durchzuführen. Die DB stelle uns ein Pärchen B3yg-Personenwagen zur Verfügung, die mit dem morgendlichen und von der Jung-Lok 22 gezogenen Güterzug von Osnabrück-Eversburg nach Rheine-Stadtberg überführt wurden. Wer Interesse hatte und wem ein früher Start in den Tag nichts ausmachte, konnte die Reisezugwagen dabei im Rahmen einer echten Güterzugmitfahrt bereits benutzen. Die eigentliche Sonderfahrt mit vielen Fotohalten ging nur mit Lok 22 und den Personenwagen in Rheine-Stadtberg los, zunächst nach Altenrheine TN, dann nach Osnabrück-Eversburg und wieder zurück nach Rheine-Stadtberg. Bedauerlicherweise war das Wetter trüb und etwas ungemütlich, und einige mehr Fahrgäste hatten wir uns auch erhofft, unter dem Strich aber dennoch eine ganz zufrieden stellende Fotofahrt. Besonderen Spaß hatte unser Lokführer, der bei vielen Fotohalten in angrenzenden Häusern/Gehöften zu einem Schwätzchen (gegebenenfalls auch Schnäpschen?) verschwand. Man kannte sich eben, denn die Kleinbahn und ihre Mitarbeiter waren noch fest im Alltagsleben der Region verwurzelt.

Es wurden damals noch weiteren Bahnen bereist. Darüber wird im nächsten Band berichtet.

Tecklenburger: *Lok 22 mit Reisesonderzug am 3.4.1976 im Bahnhof Hörstel-Ostenwalde.*

Tecklenburger: *Kein Bild von der Sonderfahrt, sondern Alltagsbetrieb mit Lok 23 und Lok 22 am 11.4.1975 vor einem langen Güterzug kurz hinter Wersen.*

Wolfgang Zeunert

Neue Modelle

nach Vorbildern bei Klein- und Nebenbahnen

NE´81 - VT 120 der SWEG (H0; BREKINA 64322)

NE´81 ist die Kurzbezeichnung für einen Privatbahn-Dieseltriebwagen mit Drehgestellen, der speziell für den Bedarf der Nichtbundeseigenen Eisenbahnen entwickelt wurde. Das erste Fahrzeug dieser Bauart ist 1981 ausgeliefert worden (daher die Typenbezeichnung NE´81). Damit wurde nach dreißigjähriger Unterbrechung erstmals wieder ein neues vierachsiges Universalfahrzeug für den Bedarf der Privatbahnen gebaut worden, bei denen es gegenüber dem Verkehr bei der Deutschen Bundesbahn andere Anforderungen gibt. Die Fahrzeuge werden universeller eingesetzt, dienen vorrangig dem Personenverkehr, werden aber auch bedarfsweise als Schlepptriebwagen vor Güterzügen eingesetzt. Gebaut wurden die neuen Fahrzeuge anfangs von der Waggon Union in Berlin (heute Bombardier), die auch Berliner Doppeldecker-Omnibusse bauten. Die Hauptmaße der NE´81 stimmen im übrigen fast mit denen der Jahre früher gefertigten Esslinger-Triebwagen überein, und auch das Gewicht blieb mit 39 t fast unverändert. Das erste NE´81-Baulos umfasste 12 Fahrzeuge (11 Triebwagen und 1 Steuerwagen). Zu einem zweiten Baulos gehörten 3 Trieb-, 3 Bei- und 9 Steuerwagen. Das dritte Baulos (8 VT und 2 VS) erhielt eine veränderte Stirnfront und andere Drehgestelle. Die vierte und letzte Bauserie kam 1994/1995 zur Auslieferung (4 VT und 2 VS). Insgesamt sind 26 Triebwagen, 3 Beiwagen und 14 Steuerwagen gebaut worden. Die Erstkäufer waren die SWEG (Südwestdeutsche Verkehrs AG), die WN (Württembergische Nebenbahn AG, später WEG), die KVG (Kahlgrund Verkehrs GmbH) und die RBG (Regental Betriebs GmbH). Nach Übernahme des Verkehrs auf der Kahlgrundbahn kamen auch drei Fahrzeuge zur DB-Tochter Westfalenbahn. Zur Zeit kauft die Eisenbahn-Gesellschaft Potsdam

BREKINA (H0): *Stirnansicht von NE´81-Triebwagen.*

NE´81-Triebwagen auf. Ein NE´81 ist zwischen Neustrelitz und Mirow in Betrieb.
Der 27,5 cm lange Wagenkasten des BREKINA-Modells ist sehr gut nachgebildet worden. Er besitzt die charakteristischen Stirnfronten der ersten Bauserien mit großer Frontscheibe, Scheibenwischer, Steckdosen und Dreilichtspitzensignal, das entsprechend der Fahrtrichtung weiß oder rot leuchtet. Die Fenster des Wagens sind bündig eingesetzt. Lackierung und Beschriftung sind makellos. An den seitlichen Führerraumfenstern sind Rückspiegel vorhanden. Das Modell verfügt über eine Innenbeleuchtung. Am Fahrwerk aus Metall wurden die Aggregatekästen und die Maschinenanlage plastisch nachbildet. Auf dem gesickten Dach sind Bahnfunkantenne, Auspuffrohre und Signalhörner angebracht. Die Drehgestellrahmen sind plastisch ausgeführt. Das Modell hat zum Glück keine Haftreifen, was auch ohnehin nicht notwendig ist, da die

BREKINA (H0): *NE´81-Triebwagen VT 120 der Südwestdeutsche-Verkehrs AG (SWEG).*

BREKINA (H0): *Schrägansicht von NE´81-Triebwagen VT 120 der SWEG.*

beiden angetriebenen Drehgestelle für eine hinreichende Zugleistung sorgen. Der befahrbare Mindestradius beträgt zwar 360 mm, allerdings schwenkt der Aufbau dann stärker aus. Größere Radien führen vor allem auch optisch zu besseren Laufeigenschaften. An beiden Wagenenden sind NEM-Normschächte vorhanden und Bügelkupplungen montiert. Der NE´81 verfügt über eine Schnittstelle nach NEM 652 (8-polig) zum nachträglichen Einbau eines Decoders für den Digitalbetrieb. Zum Einbau des Decoders muss das Gehäuse abgehoben werden. Der Decoder-Steckplatz befindet sich seitlich neben dem Motor.

Für den Solobetrieb bzw. für das Aufstellen in der Vitrine sind dem Modell imitierte Bremsschläuche und Kupplungsattrappen beigefügt. Die Laufeigenschaften sind hervorragend. Der NE´81 rollt mit gut einstellbarer Geschwindigkeit leise über die Gleise. Angeboten werden von BREKINA derzeit die Varianten SWEG, Regentalbahn und DB-BR 926 (ex Kahlgrundbahn). Weitere EVU-Ausführungen werden folgen.

Fazit: Die Kleinbahner freuen sich über den gelungen Triebwagen, der auf privaten Regionalbahnen ein echtes »Brot-und-Butter«-Fahrzeug ist. Seine Auslieferung durch BREKINA ist zweifellos ein Modellbahnhöhepunkt für die Freunde von Modellprivatbahnen. Da Fahrzeuge verschiedener EVU heute auch auf DB AG-Strecken unterwegs sind, können die eleganten Privatbahn-Triebwagen getrost auch von DB-Bahnern eingesetzt werden.

alex-Reisezug von PIKO (H0)

Mit den bereits seit einiger Zeit angebotenen alex-Lok und den alex-Mitteleinstiegwagen ist nun nach Erscheinen des alex-Doppelstockwagens eine recht vorbildgetreu Zusammenstellung eines alex-Reisezuges möglich. Nachfolgend werden die entsprechenden Modelle zusammenhängend vorgestellt.

alex-Diesellok 223 063 (H0; PIKO 57391-2)

ARRIVA fuhr unter dem Namen »Arriva-Länderbahn-Express« (alex) in Bayern Reisezüge, die heute von der Vogtlandbahn (NETINERA) betrieben werden.

Die alex-Diesellok 223 063, ein »Eurorunner« ER20 von Siemens, hat PIKO als »Hobby«-Lokmodell im Programm. Da diese PIKO-Lokomotive bereits mehrfach besprochen worden ist, erwähnen wir nur noch einmal kurz die perfekte Dachausführung mit Ventilatorgitter, Auspufföffnungen und Signalhörnern, die Seitenwände mit seitlichen Führerstandfenstern und Aufstiegen, die mit den Drehgestellen leicht ausschwenken. die Nachbildung der segmentierten Seitenwände als glatte Flächen mit einem oder zwei Lüftungsgittern, die Stirnfronten im »Taurus«-Stil mit angravierten Scheibenwischern und Haltestangen sowie freistehenden Rangierertritten.

Das Dreilichtspitzensignal leuchtet fahrrichtungsabhängig. Die Lackierung ist makellos. Die Beschriftung alex/ARRIVA wurde sauber

***PIKO(H0):** alex-Diesellok 223 063.*

***PIKO (H0):** alex-Mittelleinstieg-Reisezugwagen.*

aufgedruckt, wobei die zahlreichen Anschriften am Lokrahmen (mit teilweise mehrfarbig winzigen Logos) besonders zu erwähnen sind. Das Fahrwerk besitzt an den Drehgestellrahmen die Gravur der wichtigen Einzelheiten sowie Aggregatekästen in Fahrgestellmitte. Der Antrieb erfolgt von einem in Lokmitte gelagerten Motor über Kardanwellen zu den Drehgestellen. Die Laufeigenschaften sind ausgezeichnet. Die Mittelleiter-Ausführung besitzt einen Uhlenbrock-Hobby-Decoder. Die Zweileiter-Analoglok hat eine Schnittstelle zum nachträglichen Einbau eines Decoders. Die Bedienungsanleitung besteht aus Explosionszeichnungen.

Fazit: Mit der alex-Lok hat PIKO einen weiteren Eurorunner herausgebracht, der sowohl äußerlich als auch durch gute Laufeigenschaften und einen die Geldbörse schonenden Preis besticht.

alex-Mitteleinsteig-Reisezugwagen (H0; PIKO 57662 und 57663)

Die DB beschaffte zwischen 1958 und 1980 mehr als fünftausend n-Wagen für den Nahverkehr, die vom Volksmund wegen ihrer ursprünglich unlackierten Edelstahl-Wagenkästen »Silberlinge« genannt werden. Es gibt neben Steuerwagen und Wagen mit Gepäckabteil im wesentlichen 2. Klasse-Wagen (B4nb) und 2. Klasse-Wagen mit 1. Klasse -Abteil (AB4nb). Die 26,4 m langen Wagen haben an jeder Seite zwei Doppeltüren, durch die die Reisenden in den dreigeteilten Innenraum gelangen. Einige Wagen wurden verkauft und sind heute bei privaten EVU im Einsatz, zum Beispiel beim alex von Netinera.

In der alex-Lackierung hat PIKO zwei Mitteleinstiegwagen im Angebot. Die Waggons sind perfekt in der Gravur, was sowohl die Einstiegstüren als auch die sauber eingesetzten Fenster, die Stirnseiten mit Rolljalousien und Gummiwülsten, die Drehgestelle und die Unterbodendetaillierung (soweit bei seitlicher Betrachtung sichtbar) betrifft. Lackierung und Beschriftung sind makellos. Beide 2. Klasse-Wagenmodelle unterscheiden sich von der

Form her in zwei Dingen. Der eine Wagen hat im Mittelteil ein Abteil der (ehemaligen) 1. Klasse, während der andere Wagen durchgehend drei Großraumabteile besitzt. Außerdem haben beide Wagen unterschiedlich ausgeführte Dächer.

alex-Doppelstocksitzwagen DBpz (H0; PIKO Hobby 57682)

Beim alex-Vorbild werden Dosto-Sitzwagen auch einzeln mitten in Züge mit normalen Reisezugwagen eingereiht.

Das PIKO-Modell ist mit seiner Länge von 310 mm ein imponierendes Fahrzeug. Unter dem grauen Dach sind die Fenster des oberen Abteils in einem weiß lackierten Umfeld zu sehen. Die unteren Abteile werden von einem blauen Band umschlossen, dass unten von einer gelben Zierlinie begrenzt wird. Die Beschriftung besteht aus Netinera-Logo, alex-Schriftzug, 2. Klasse-Ziffern und Nichtraucher- und Fahrrad-Piktogrammen. Am unteren Rand des Wagenkastens sind die Wagennummer sowie technische Fahrzeugangaben zweifarbig aufgedruckt.

Fazit: Exzellent gelungene Reisezugwagen mit sehr guten Rolleigenschaften, über die sich vor allen die Modellbahner mit EVU-Vorliebe freuen können.

***PIKO (H0):** alex-DpppelstocksitzwagenDBpz.*

Diesellok 223 143 von Nordic Rail Service (H0; PIKO Hobby 57985)

Die claus rodenberg waldkontor gmbh in Lübeck ist ein Dienstleistungsunternehmen für die Holzwirtschaft. Im Schienenverkehr werden mit dem Kooperationspartner Nordic Rail Service GmbH (NRS), Lübeck, mit »Waldkontor« beschriftete Diesellokomotiven vor Ganzzügen mit ca. 1200 Tonnen Holzladung eingesetzt. In Lübeck betreibt die Schwesterfirma claus rodenberg port logistic gmbh den mit Ladetechnik ausgestatteten Konstinkai. Im Seeverkehr werden derzeit sieben gecharterte Motorschiffe entsprechend dem Holzverkehr vorzugsweise auf der Ost- und Nordsee gefahren. Für kurze und mittlere Distanzen stehen im Binnenland auch Holzlastkraftwagen im Einsatz, die das Holz vorwiegend zu Ganzzugtauglichen Bahnhöfen bringen..

Die claus rodenberg waldkontor-Lok ist ein »Eurorunner« ER20 von Siemens. Da dieses PIKO-Lokmodell bereits mehrfach besprochen worden ist, erwähnen wir nur noch einmal kurz die perfekte Dachausführung mit Ventilatorgitter, Auspufföffnungen und Signalhörnern, die Nachbildung der segmentierten Seitenwände als glatte Flächen oder als Lüftungsgitter, Stirnfronten im »Taurus«-Stil mit angravierten Scheibenwischern und Haltestangen sowie freistehenden Rangierertritten. Das Dreilichtspitzensignal leuchtet fahrrichtungsabhängig. Die weiße Lackierung mit grauen Dach ist makellos.

Die Beschriftung einschließlich des grünen Waldkontor-Logos wurde sauber aufgedruckt, wobei die zahlreichen Anschriften am Lokrahmen (teilweise mehrfarbig) besonders zu erwähnen sind. Das Fahrwerk besitzt an den Drehgestellrahmen die Gravur der wichtigen Einzelheiten. Der Antrieb erfolgt von einem in Lokmitte gelagerten Motor über Kardanwellen zu den Drehgestellen.

Die Laufeigenschaften sind ausgezeichnet. Die Analoglok hat eine Schnittstelle zum nach-

***PIKO (H0):** Diesellok 223 143 von Nordic Rail Service im Einsatz für claus rodenberg waldkontor*

träglichen Einbau eines Decoders. Die Bedienungsanleitung besteht aus Explosionszeichnungen.
Fazit: Mit der dieser Nordic Rail Lok im Einsatz für die Firma claus rodenberg waldkontor hat PIKO einen weiteren Eurorunner herausgebracht, der durch seine helle Farbgebung, mit guten Laufeigenschaften und einen den Geldbeutel schonenden Anschaffungspreis besticht.

DB-Kleinwagen Klv 12-4823 (H0; BREKINA 63040)

Ab 1953 beschaffte die Deutsche Bundesbahn verschiedene Draisinentypen für bahndienstliche Zwecke. Die einfachen Fahrzeuge dienten für Inspektionsfahrten oder zur Durchführung einfacher Reparaturarbeiten. Besonders populär wurden die sogenannte VW-Draisinen der Bauart Klv 20, von denen aber nur 30 Stück gebaut wurden. Viel höhere Stückzahlen erreichten dagegen die miteinander eng verwandten Draisinen Klv 11 und Klv 12, von denen bis 1963 etwa 800 Stück bei verschiedenen Bahnzulieferern entstanden. Die einfach gehaltenen Zweckmobile waren preislich günstig. Als Antrieb diente ein luftgekühlter Volkswagen-Industriemotor mit 1,2 Liter Hubraum und 28 PS Stärke, Höchstgeschwindigkeit 70 km/h und Gesamtgewicht ca. 2.250 kg. Zum Fahrtrichtungswechsel konnten sie mittels eines zentralen Stempels im Gleis angehoben und per Hand gedreht werden.
BREKINA hat ein Modell des Klv-12 geschaffen, das man wegen seiner Maße 35x20x44 mm

***BREINA (H0):** Die nur ca. 4 cm lange Draisine von der Seite her und schräg von oben gesehen.*

BREKINA (H0): *Die Draisine Klb 12-4823 von schräg vorn und schräg hinten gesehen.*

(Länge x Breite x Höhe) getrost als fahrfähigen Winzling bezeichnen kann, wobei die Vorbildmaße nahezu genau beachtet worden sind. Auf das zweiachsige Fahrwerk ist das untere Teil des Gehäuses (beide aus Metall) aufgeschraubt. Das obere Gehäuseteil aus Kunststoff mit Fenstern ist darauf aufgeklipst. Die rote Lackierung, das silberfarbene Dach, ein Zierstreifen und die Beschriftung sind sauber ausgeführt. Am Gehäuse sind zwei seitliche Scheinwerfer (unbeleuchtet)sowie unter den beiden Seitentüren und unter der Hecktür geriffelte Trittstufen angebracht.

Eine große Überraschung bietet der BREKINA-Klv jedoch vor allem durch sein Innenleben. Er verfügt über einen Digitaldecoder für das DCC-System (28 oder 128 Fahrstufen, lange oder kurze Adresse), der auch für den Analogbetrieb (Gleichstrom 3-12 V) geeignet ist. Die Betriebsarten werden automatisch erkannt und bedürfen keiner Umstellung. Darüber hinaus verfügt der Klv-12 wegen des vorbildbedingten sehr kurzen Radstandes zusätzlich über Kondensatoren zur Energiespeicherung, um bei der Fahrt kurze stromlose Stücke (z.B. unpolarisierte Weichenherzstücke) überbrücken zu können. Die Kondensatoren bedingen nach einer Stromunterbrechung aber erst wieder einen gewissen Auslauf des Modells, was bedeutet, dass ein abruptes Anhalten nicht möglich ist. Die Geschwindigkeit sollte also bei einem Halt langsam bis zum Stillstand vermindert werden - wie beim Vorbild. Decoder und Kondensatoren sind eine Baueinheit. Diese Bauteile können nicht gewechselt oder ausgetauscht werden. Der Decoder ermöglicht auch eine Massesimulation durch verlangsamtes Anfahren und verzögertes Bremsen. Der Anfahr- und der Bremsweg sind digital individuell einstellbar. Der Effekt lässt sich bei Digitalbetrieb mit der Funktionstaste f4 jederzeit abschalten. Die Höchstgeschwindigkeit und die Anfahrgeschwindigkeit sind ebenfalls digital einstellbar. Damit sind eine absolut vorbildgerechte Streckenfahrt (Vorbild um die 70 km/h) und das Rangieren mit Schrittgeschwindigkeit möglich. Alle Einstellungen sind von außen programmierbar. Am Fahrzeug selbst sind keine Veränderungen erforderlich.

Antrieb und Elektronik bilden eine Einheit und dürfen nicht ausgebaut oder umgerüstet werden.

Die Fahreigenschaften dieses kleinen Triebfahrzeugmodells sind ausgezeichnet, was wir auf altem Fleischmann- und neuerem ROCO-GeoLine-Gleis ausprobiert haben.

Fazit: Wer diesen auch für den vorbildgerechten Bahnbetrieb notwendigen Kleinwagen in brillanter Modellausführung nicht für seine Anlage beschafft ist selbst Schuld daran. Ganz abgesehen vom Spaßfaktor, den der Klv-12 für jedem Betrachter bietet.

Borgward Leichttriebwagen der Sylter Inselbahn für Mittelleiter (H0; BREKINA 64220)

Da Kleinbahner an Exoten gewöhnt sind und sie lieben, wird mancher Modellbahner Spaß an diesem Leichttriebwagen haben, dessen Zweileiter-Version wir bereits in DIE KLEINBAHN Band 25 ausführlich vorgestellt haben. Jetzt ist auch eine Version für den Mittelleiterbetrieb lieferbar, die bereits werkseitig mit eine Decoder für den Digitalbetrieb ausgerüs-

***BREKINA (H0):** LVT der Sylter Inselbahn für Mittelleiter-Bahnen.*

tet ist. Das Borgward-LKW-Fahrwerk wurde perfekt nachgebildet. Plastisch ausgeführte Spezialitäten sind Glasscheiben in den Scheinwerfern, die früher üblichen, hoch aufragenden Rückspiegel auf den Kotflügeln, Scheibenwischerattrappen am Frontfenster und das für die LVT typische, hoch ragende Auspuffrohr. Der wie das LKW-Fahrwerk zweifarbig lackierte Wagenkasten hat glatte Seitenflächen und ist mit einer »Becks' Bier«-Reklame beschriftet. Der Antrieb erfolgt über Zahnrädern auf die beiden Achsen des aufgesattelten Wagenkasten. Der Mittelschleifer wurde unter dem LKW-Chassis angebracht. Die Fahrgeschwindigkeit lässt sich feinfühlig einstellen. Der Triebwagen rollt mit hoher Laufkultur über die Gleise und Weichen mit Mittelleiter.

Fazit: Dieses schöne Modell eines Leichttriebwagens ist auch in der Mittelleiterausführung wirklich etwas Besonderes für Nebenbahnstrecken auf Modellbahnanlagen.

Sechsachsiger DB-Schiebeplanewagen Sahimms 901 (H0; Liliput L235776)

Die Graaff baute 1991/1992 einhundert 6achs. Schiebeplanewagen Sahimms 901, die heute noch bei der DB AG im Einsatz sind. Die Wagen haben sieben Lademulden zum Transport von Coils.

Das 190 mm lange Liliput-Modell hat braune Stirnwände mit angravierten Teilen der Planenverriegelung. Die in gut gewellter Form ausgeführte blaue Schiebeplane besitzt Schilder mit Wagennummer, Gewährleistungshinweise und Warnschild, den Wagen nicht mit geöffneter Plane zu benutzen. Alle zum Teil mehrfarbig ausgeführte Anschriften sind sauber aufgedruckt. Die Rolleigenschaften des Waggons sind einwandfrei.

***Liliput (H0):** Sechsachsiger DB- Schiebeplanenwagen.*

Vierachsiger Tragwagen Sgnss der WASCOSA AG (H0; PIKO 5461)

Containertragwagen wurden von den verschiedenen Bahnverwaltungen bei unterschiedlichen europäischen Herstellern in großer Stückzahl erworben oder geleast.

S = Drehgestell-Flachwagen in Sonderbauart
g = für den Transport von Container bis 60 Fuß
n = Lastgrenze bis 75 t
ss = für Züge bis 120 km/h

Das Familienunternehmen WASCOSA AG mit Hauptsitz in Luzern wurde 1964 gegründet und gehört zu den Branchenpionieren bei

***PIKO (H0):** Vierachsiger WASCOSA-Tragwagen mit Holzladung.*

die Vermietung und Verwaltung von Güterwagen für den Schienenverkehr. PIKO hat das 235 mm lange Modell eines Tragwagens in der ansprechenden und belebenden orangefarbenen Lackierung der Schweizer WASCOSA AG im Programm. Containertragwagen sind (laienhaft ausgedrückt) nur Waggonfahrwerke ohne Aufbauten. Umso mehr verwundert die Fülle an Einzelteilen, die an den Fahrzeugen und somit auch am PIKO-Modell vorhanden sind: Angesetzte Bremsanlage, Handgriffe und Tritte für die Rangierer, Zurrhaken für den Fährverkehr und Beschriftungsfelder. An jeder Wagenoberkante sind je dreizehn Aufnahmen für die Zapfen der unterschiedlich großen Container eingelassen. Das Fahrwerk ist aus Metall. Das Besondere des Waggons ist die Art der Beladung. Sie besteht aus drei Paletten mit je vier Rungen an jeder Seite, die eine auf Länge geschnittene Stammholzladung aufnehmen. Fazit: Durch die präzise Ausführung und Lakkierung des Wagens und vor allem durch die besondere Art der Holzladung ist dieses PIKO-Modell ein einzigartiger Blickfang auf jeder H0-Anlage. So schön kann die moderne Privatbahn sein!

PIKO (H0): *DR-Kalkkübelwagen Simmp.*

PIKO(H0): *WLE-Selbstentladewagen Falns.*

Kalikübelwagen Simmp (H0; PIKO 58338 A/B/C)

Das »Kombinat VEB Chem. Werke Buna Schkopau« in der DDR war im Besitz von Privatgüterwagen Bauart Simmp für den Kalitransport zum Seehafen Wismar, auf deren Behältern die o.a. Betriebsbezeichnung angeschrieben war.

PIKO hat ein Modell dieser Waggontype schon seit einiger Zeit im Programm. Neu ist ein Sonderangebot, das aus drei Waggons in Einzelverpackungen besteht, die in einem Pappeinwickler geliefert werden.

Die 135 mm langen Modelle sind mit drei Kalikübeln beladen, bei denen Beladungsdeckel und das Entlüftungsrohr plastisch herausgearbeitet worden sind. Das trichterförmige Bodenteil weist darauf hin, dass die Kübel beim Vorbild nach unten entladen worden sind.

Die Wagen dieses Dreierpacks haben schon werksseitig dezente Gebrauchsspuren aus weißem »Kalistaub«. Das Fahrwerk ist vielseitig beschriftet und hat an beiden Seiten je zwei gelbe Zurrhaken für den Seeverkehr. Durch seine außergewöhnliche Formgebung sind die Wagen im Güterverkehr auf einer Modellbahnanlage höchst belebend.

Beim Vorbild sind sie noch heute in Güterzügen zu sehen, die auch von privaten EVU gefahren werden.

WLE-Selbstentladewagen Falns (H0; PIKO 54672)

Die Westfälische Landes-Eisenbahn GmbH setzt für den Transport von Kalksteinsand vierachsige Selbstentladewagen der Bauart Falns ein, die von OnRail gemietet sind. Diese »offenen Güterwagen in Sonderbauart« können in Züge mit V/max 100 km/h eingereiht werden.
Das WLE-Rot lackierte PIKO-Waggonmodell hat einen in zwei Kammern aufgeteilten Laderaum mit spitzem Bodensattel, der die komplette Entladung über Seitenklappen zulässt. Am Modell sind diese Klappen beweglich und werden durch Federn geschlossen gehalten. An den beiden Stirnwänden ist die (imitierte) Mechanik zur Klappenbetätigung zu sehen. Eine Stirnseite besitzt eine Rangiererbühne. Die Beschriftung und das Bahnlogo sind weiß aufgedruckt. Ein Zettelkasten mit angraviertem Gitter ist als Zurüstteil auf einer Entladeklappe aufgesetzt.

PIKO (H0): *DBP-Postwagen 4-b/15.*

DBP Post 4-b/15 Nr. 5590 Köl (H0; PIKO 53327)

Dieser vierachsige Postwagen wurde 1949 von der Deutschen Bundespost in Dienst gestellt und 1968 ausgemustert.
Der grüne Wagenkasten des etwa 185 mm lange Postwagenmodells hat an jeder Seite zwei zweiflüglige (angravierte) Ladetüren mit freistehenden Handläufen und je zwei Trittstufen. An einer Seite sind drei innenvergitterte Fenster und an der anderen Wagenseite auch drei Fenster plus ein zusätzliches Toilettenfenster vorhanden.
Der Wagen hat eingezogene Einstiegstüren mit langen Handläufen, Trittstufen und an der Stirnwand zwei kleine Fenster neben dem abgebauten früheren Faltenbalg. Die Seitenwände sind am anderen Wagenende schräg abgewinkelt.
Die Lackierung ist makellos, und die Beschriftung mit u.a. Briefeinwurf, Zuglaufschild und (gelbem) Posthorn wurde sauber aufgedruckt.

Offener DR-Güterwagen Ocpu(x)25 (H0; PIKO 54707)

Dieser offene Güterwagen stammte ursprünglich aus Italien und verblieb nach dem Kriegsende 1945 im Bereich der Deutschen Reichsbahn in der DDR.
O = Offener zweiachsiger Güterwagen.
c = Wände höher als 130 bis 190 cm.
p = nicht kippfähig.
u = ungeeignet für die Beförderung von Mannschaften oder Fahrzeugen
x = Lademaß kann bei Beladung mit Braunkohle und Braunkohlenbriketts nicht voll ausgenutzt werden.
Der Wagenkasten des etwa 105 mm langen PIKO-Modells ist gut nachgebildet. Charakteristische Merkmale seiner italienischen Herkunft sind die Stirnwände mit abgewinkelten Enden, die höher als die Bordwände sind, sowie die ringsum unten am Wagenkasten angravierten Ringe, in die Seile zur Ladungssicherung eingespannt wurden, etwa für hochaufragende, leichte Ladegüter wie zum Beispiel Heu. Angraviertes Gitter des Zettelkastens und lesbar aufgedruckte Beschriftungen.

PIKO (H0): *Offener DR-Güterwagen Ocpu(x) 25.*

Auhagen (H0): *Das eher zierliche Stellwerk Erfurt passt im Bahnhofsareal gut zwischen zwei Gleise.*

Stellwerk Erfurt (H0; Auhagen 11 375)

Für Modellbahn-Bahnhöfe wird es oft schwierig ein passendes Stellwerk zu finden, das noch zwischen den oft dicht beieinander liegenden Gleisen aufgestellt werden kann. Dafür ist dieses Stellwerkmodel in Klinkerbauweise mit den Maßen 87x54x118 cm (Gleismittenabstand 66 mm) wie geschaffen.
Der Zusammenbau des Bausatzes geht flott vonstatten. Die passgenauen Mauerteile sind mühelos zusammensetzbar. In die Wände des Stellwerkraums werden die Fensterrahmen eingesetzt. Die Rundumverglasung besteht praktischerweise aus einem Stück, was dem fast nur aus Fensterrahmen bestehenden Stellwerkraum die notwendige Stabilität gibt. Bei dem runden Erker, in dem beim Vorbild das Treppenhaus war, ist etwas Erfahrung im Plastikmodellbau schon hilfreich, obgleich es auch hier keine Probleme gibt. Man muss nur sauber kleben. Das gilt vor allem für den halbrunden Fensterrahmen, der hier auf das Fensterglasstück aufgesetzt wird (und nicht umgekehrt, wie sonst gewohnt). Ein paar zunächst nur schwer zu identifizierende Teilchen entpuppen sich als Füllstücke für die Fensterrahmen und sind in entsprechende Fugen leicht einzufügen.
Das über den Stellwerkraum als Sonnenblende überragende Dach besteht aus einem Stück, während der für dieses Bauwerk charakteristische Dachaufbau aus vier Mauerteilen und einem Dach besteht. Der kleine Schornstein muss exakt genau über dem durch das Rundfenster sichtbaren Kamin auf den Dach aufgeklebt werden.
Das Stellwerk ruht auf einem Betonsockel, der das Gebäude gegen Beschädigungen von der Gleisseite aus schützt.
Fazit: Aus dem präzise gefertigten Bausatz lässt sich ein architektonisch reizvolles und nicht zuletzt auch zur Auhagen-»Ziegelsteinwelt« passendes Stellwerk bauen.

Auhagen (H0): *Blick auf die Gebäudeseite mit dem Stellwerkraum von Stellwerk Erfurt.*

HEKI (H0): *Feuerwache, gebaut aus einem Ausschneidebogen.*

Kartonbausatz Feuerwache (H0; HEKI)

Mit dem Aufkommen von mit Laser geschnittenen Bausätzen aus Holz oder Karton wird wohl nun auch in Deutschland hoffentlich der reine Kartonbausatz an Beliebtheit zunehmen. Seine Vorteile sind fotorealistische Gestaltungsmöglichkeit, einfache Montage und niedriger Preis.

Als Beispiel sei auf die Feuerwache von HEKI hingewiesen. Der Kartonbausatz ergibt zwei Einzelobjekte. Die Teile sind sehr übersichtlich auf den Kartonbögen angeordnet und sauber ausgeführt. Sie sind leicht zuzuordnen und problemlos mit handelsüblichem Bastelkleber zusammen zu bauen.

Beim Dach ist es empfehlenswert, die umgebogenen Ortgänge mit einigen Wäscheklammern zu fixieren, sozusagen als dritte Hand. Der für den Zusammenbau erforderliche Zeitaufwand ist minimal. Nach einer knappen halben Stunde hat man zwei ansprechende Gebäude vor sich stehen. Sie sind sehr stabil und passen sich in ihren Dimensionen den schon vorhandenen Modellhäusern gut an. *Dr. Stefan Lueginger*

Modellbahnen
Modellspielwaren

PIKO

Mit freundlicher Empfehlung

PIKO Spielwaren GmbH
Lutherstraße 30 · PF
96505 Sonneberg/Thüringen
Telefon: (0 36 75) 89 72 42
Telefax (0 36 75) 89 72 50
E-Mail: hotline@piko.de

anbei die gewünschten Ersatzteile als kostenloser Ersatz.

PIKO Spielwaren GmbH

Martina Matthäi
Kundenbetreuung

PIKO und sein kulanter Kundendienst

An einem VT war der Auspuff auf dem Dach abgebrochen. Zwei Tage nach der gemailten Bitte um das Ersatzteil traf es ein. Umsonst!

***PIKO (N):** Seitenansicht der Lok 275 805 von locomotives pool (vormals Nordbayerische Eisenbahn).*

Vossloh-Diesellok G 1206 von PIKO in Nenngröße N

Die seit 1997 in mehr als einhundert Stück gebaute vierachsige dieselhydraulische Mehrzweck-Diesellokomotive G 1206 ist die Basis des erfolgreichen Programms von Mittelführerhauslokomotiven der Vossloh Locomotives GmbH. Das robuste Fahrzeug hat sich über viele Jahre als die Standardlokomotive der deutschen Industrie- und Privatbahnen bewährt.

Nachdem in den zurückliegenden Bänden unserer Buchreihe DIE KLEINBAHN wiederholt H0-Modelle dieser Loktype vorgestellt worden sind, soll heute einmal darauf hingewiesen werden, dass PIKO mittlerweile auch ein N-Sortiment aufgebaut hat. Und in diesem N-Programm gibt es auch die Vossloh G 1206 mit Lackierung und Beschriftung von verschiedenen Eisenbahn-Verkehrs-Unternehmen. Wir stellen heute zwei G 1206-Modelle vor, die es für die Nenngröße N gibt. Weitere Loks folgen.

Vossloh G 1206-Diesellok 275 805 von locomotives pool (N; PIKO 40414)

Die locomotives pool gmbh ist eine Tochtergesellschaft der NBE Rail im hessischen Aschaffenburg. Das EVU ist bislang bereits als Nordbayerische Eisenbahn bekannt geworden und stellt privaten Eisenbahn-Verkehrs-Unternehmen Dieselloks verschiedener Bauarten zur Verfügung. Servicepakete umfassen die Verbringung der Loks zum Einsatzort, Wartung, Reparaturen und Versicherung.

Vossloh G 1206-Diesellok 53 der Westfälischen Landes-Eisenbahn (N; PIKO 40403)

Die Lok 53 KREIS SOEST ist eine der beiden G 1206 der Bahngesellschaft. Die WLE fährt Güterzüge sowohl auf dem eigenen Gleisnetzt als auch im bundesweiten Einsatz. Darüber hinaus werden Arbeitszüge in Bahnbaustellen im Rangier- und Strecken-

Schrägansicht der 278 205 von locomotives pool.

***PIKO (N):** Seitenansicht der Lok 53 der Westfälischen Landes-Eisenbahn.*

dienst, komplette Zugleistungen und auch Vermietungen angeboten.

Das Lokmodell

Gleich beim ersten Anheben des Modells spürt man das für die Zugkraft wünschenswerte Gewicht der Lok, das durch ein Metalldruckgussgehäuse erreicht wird. Der Lokaufbau hat ein asymmetrisch von der Lokmitte weg zum Lokende hin platziertes Führerhaus mit angedeuteter Inneneinrichtung und dem großen, seitlich versetzten Auspuffrohr. Das Mittelteil des langen Vorbaus kann (beim Vorbild) für den ungehinderten Zugang zum Motor geöffnet werden. Davor seitlich sind die großen Lüftergitter zu sehen. Oben auf dem Lokvorbau sind in fein durchbrochener Ausführung die vergitterten Ventilatoröffnungen vorhanden. Die filigranen Geländer sind aus Metall und entsprechend gegen Bruch unempfindlich. Der Lokrahmen hat vorn und hinten Aufstiegsstufen. Zwischen den Drehgestellen ist der große Kraftstofftank angebracht. Die Drehgestellrahmen sind plastisch graviert. Sie haben einen Kupplungshalter nach NEM 651. Die Lok ist makellos lackiert und (mit der Lupe) lesbar beschriftet.

***PIKO (N):** Draufsicht auf die WLE-Lok 53.*

Die Geschwindigkeit des analogen Lokmodell ist fein einstellbar. Die Laufqualitäten sind insgesamt bestens und leise, wozu die zwei Schwungmassen am Motor mit dazu beitragen. Die LED-Stirnlampen leuchten wechselnd mit der Fahrtrichtung. Es ist eine NEM 651-Schnittstelle für den nachträglichen Decodereinbau vorhanden. Lobenswert ist die beigefügte umfangreiche Drucksachensammlung mit Bedienungsanleitung in grafischen Darstellungen und Ersatzteilliste

Fazit: PIKO beglückt die Privatbahnfreunde unter den N-Bahnern mit einer ganz großartigen, modernen Diesellok, die darüber hinaus aber auch eine exzellente äußere Ausführung, makellose Lackierung und präzise Beschriftung sowie hohe Laufqualitäten besitzt. Als N-Bahner kann man dazu nur gratulieren.

Liliput (N): *Seitenansicht der DB-Ellok 144 505 - eine zierliche Schönheit.*

DB-Ellok 144 505 (N; Liliput L162543)

Die bis etwa 1930 gebauten Elektrolokomotiven hatten entweder direkten Stangen- oder Blindwellenantrieb mit einem Großmotor. Die sich abzeichnende Weltwirtschaftskrise zwang einerseits zu Sparsamkeit bei den Materialien, und anderseits sollte langfristig auch die Endgeschwindigkeit der Lokomotiven gesteigert werden. Das konnte nicht mit den alten Antriebssystemen realisiert werden. Nach erfolgreicher Versuchsfahrten der Probelok E44 101 mit zweiachsigen Drehgestellen und je einem Motor pro Achse wurden weitere Vorserienloks ab 1933 in zwei verschiedenen Versionen als E44 102-105 und E44 106-109 gebaut. Alle Vorserienloks waren ohne Vorbau. Erst die Serienlokomotiven erhielten den für die E44 typischen Vorbau. Nachdem von der Serienlok E44 mit Vorbau mehr als 100 Stück gebaut wurden, mussten die Vorserien-Loks ab 1938 in E44 501-509 umbenannt werden. Die Loks waren hauptsächlich im Betriebswerk Freilassing beheimatet und kamen von da bis nach Salzburg, Berchtesgaden und Innsbruck. Die E44 503 und 504 waren von 1946 bis 1950 in Garmisch stationiert. Die Lokomotiven haben bis Ende der 1970er/Anfang der 1980er Jahre ihren Dienst getan. Die E44 502 steht als Denkmal-ok im Bahnhofsbereich von Freilassing.

Das Liliput-N-Modell hat eine vielteilig nachgebildete Dachpartie mit zierlichen Scherenstromabnehmern, Leitungen, Laufstegen sowie winzigen Glocken an beiden Lokenden. Der makellos mattgrün lackierte Lokkasten besitzt feinste Nietenreihen und eine perfekte Gravur der Einstiegsbereiche zu den Führerständen. Die Stirnseiten haben drei Fenster mit Blendschutzstegen hinauf zum leicht vorstehenden Dach. Die Nachbildung des Lokrahmens und

Liliput (N): *Die E144 105 von schräg vorn*

***Liliput (N):** Die Dachpartie der E144 105.*

der Drehgestelle sind in dieser Nenngröße kaum noch zu übertreffen. Die Aufstiegsstufen zu den Führerständen, die beiden freistehenden Loklampen und die Schneeräumer sind an den Drehgestellen montiert. Die Lok hat rote Speichenräder in feiner Ausführung. Die Lok zeigt schon im Gleichstrom-Analogbetrieb hervorragende Laufeigenschaften. Zum Einbau eines Decoders besitzt sie eine NEXT18-Schnittstelle. Der Lok liegen eine Bedienungsanleitung mit sehr detaillierten Abbildungen sowie eine illustrierte Ersatzteilliste bei.
Fazit: In dem bei Liliput langsam wachsende N-Sortiment brilliert dieses 90 mm lange Ellokmodell mit erstklassiger äußerer Formgebung und exzellenten Laufeigenschaften. Mit Kleinbahnen hat die Lokomotive nur im bahnhistorischem Zusammenhang etwas zu tun - auf ihrer früheren Stammstecke Freilassing-Berchtesgaden verkehrt heute die Berchtesgadener LandBahn. Aber auch ein Kleinbahner wird wohl schwach, wenn er diese zierliche Modellok-Kostbarkeit in der Hand hält.

***PIKO (N):** Seitenansicht der DRG-Ellok E18 048 - ein bestechend schönes Modell.*

DRG-Ellok Ellok E18 048 (N; PIKO 40301)

Die Maschinen der Ellokbaureihe E 18 der Deutschen Reichsbahn-Gesellschaft wurden ab Mai 1935 für den hochwertigen D-Zugdienst auf elektrifizierten Strecken eingesetzt. Die formschöne Schnellzuglok mit getesteten 165 km/h Spitzengeschwindigkeit übertraf alle Erwartungen und errang in ihrer Klasse gleich drei Grand Prix der Pariser Weltausstellung. Die DB nahm nach dem Zweiten Weltkrieg 39 Lokomotiven wieder in Betrieb und baute zwei Maschinen nach.
Sie ließen sich noch lange Zeit gleichberechtigt mit neuen, modernen elektrischen Schnellzugloks einsetzen. Später erhielte die Maschinen die DB-Baureihenbezeichnung 118.
Beim ca. 11 cm langen PIKO-N-Modell handelt es sich um das erste konsequent vorbildgetreue Großserienmodell dieser Lokbaureihe im Maßstab 1:160. Die Dachpartie ist präzise nachgebildet, wozu elektrische Leitungen aus Metall mit winzige Isolatoren, über dem Dach etwas erhaben angebrachte Laufstege und zierliche Stromabnehmer gehören. Die abgerundeten Stirnfronten haben drei Stirnfenster, eine freistehende Haltestange unter den Fenstern und ein Trittbrett über der Pufferbohle. Die Seitenwände des Lokkastens besitzen verglaste Fenster und eine feine Gravur der Seitenwände, wobei die unterschiedliche Anordnung der Lüftungsöffnungen berücksichtigt wurde. Die Lackierung der Lok ist makellos. Die winzige Beschriftung an Lokaufbau und

Rahmen ist lesbar aufgedruckt. Das Fahrwerk ist tief plastisch graviert. Die feinen Radsätze mit Federtopfnachbildung stellen in der Nenngröße N ein absolutes Novum dar. Die Achsen der Triebräder sind zwecks guter Kurvenläufigkeit seitlich verschiebbar. Zwei Räder in diagonaler Anordnung sind mit Haftreifen versehen worden. Vor- und Nachlaufachse bilden mit der Kupplung eine Einheit und sind jeweils in einer Deichsel gelagert. Die Pufferbohle ist feststehend. Durch den mit zwei großen Schwungmassen versehenen Motor und den Antrieb von vier Achsen hat das Model erstklassige Laufeigenschaften und kann die üblichen Schnellzüge ziehen. Die Lok besitzt eine PluX-Schnittstelle zum nachträglichen Einbau eines Decoders, die gut zugänglich oben auf dem Fahrwegblock angeordnet ist. Dem Modell liegt die PIKO-typische Bedienungsanleitung mit Explosionszeichnungen und Ersatzteilliste bei.

Fazit: Was hat dieses Lok mit Kleinbahnen zu tun? Gar nichts! Aber diese E18 ist in vielerlei Hinsicht ein solch tolles neues N-Modell, das wir unseren Lesern nicht vorenthalten wollten.

PIKO (N): *Schräganansicht der Ellok E18 048.*

PIKO (N): *Draufsicht auf die Ellok E18 048.*

Wolfgang Zeunert

Literaturhinweise

Eisenbahnlektüre

Güterwagen
DB AG • DB Cargo • Railion • DB Schenker Rail
Von Stefan Carstens, Per Topp Nielsen und Gerhard Feddermann. 480 S. 170x240 m, über 900 Farbfotos, EUR 49,95. VGB Verlagsgruppe Bahn, 82256 Fürstenfeldbruck.
Mit 520 Beschreibungen und vielen bislang unveröffentlichten Fotos aller Güterwagen- und Tiefladewagen-Bauarten, die seit 1994 im Bestand der DB AG sowie von DB Cargo, Railion und DB Schenker Rail waren oder sind, geben die drei Autoren in diesem Nachschlagewerk einen ebenso kompletten wie handlichen Überblick. Aufgeführt sind darüber hinaus die in diesem Zeitraum angemieteten Wagen, auch sie mit allen wesentlichen Daten. Weitere Kapitel beschreiben häufige Drehgestelltypen, die Entwicklung in den zurückliegenden Jahren und Anschriften an Güterwagen. Das Buch ist nicht nur eine aktuelle Fortschreibung der bisherigen sechs Bände der Güterwagen-Buchserie sondern auch ein praktisches Nachschlagewerk mit zahllosen Bildern und allen wichtigen Informationen in Kurz- bzw. Tabellenform: Beschaffung, Einsatzzeitraum, Bestand, Bezeichnungen, Wagennummern und technischen Daten. Das Werk ist schon insofern unentbehrlich, weil man als Durchschnittseisenbahnfreund nicht immer auf Anhieb im Kopf hat, wie ein Sdggmrss aussieht.

Güterzug-Gepäckwagen
Von Stefan Carstens. 148 S. 210x290 mm, über 340 Fotos und 45 Zeichnungen, EUR 18,00. VGB Verlagsgruppe Bahn, 82256 Fürstenfeldbruck.
Im neuesten MIBA-Report-Band widmet sich Stefan Carstens den Güterzug-Gepäckwagen, wie sie noch in der Epoche IV in vielen Güterzügen zu finden waren. Geschichtliche Entwicklung, Betriebseinsatz und Verwendung werden (auch anhand zahlreicher seltener Fotos) ausführlich beschrieben. Der Bogen spannt sich von den ersten behelfsmäßigen Wagen für Güterzugpersonale über die zahlreichen Güterzug-Gepäckwagen der Länderbahnen und Neuentwicklungen der DRG aus den 1930er und 1940er Jahren bis hin zum Pwghs 54 der DB und Pwg(s) 88 der

DR aus den 1950er Jahren. Eigene Kapitel befassen sich mit dem steten Wandel bei der Farbgebung und den Anschriften, mit der Zweitnutzung von Pwgs als Güter- und Bahndienstwagen, mit dem Einsatz von Personenwagen als Güterzug-Gepäckwagen und auch mit den »Caboose« des United States Transportation Corps (USATC), die nach Ende des Zweiten Weltkriegs als Güterzugbegleitwagen auf deutschen Gleisen anzutreffen waren. Ausführlich gewürdigt werden such die erhältlichen Pwg-Modelle in der Baugröße H0, wobei Abwandlungs- und Verbesserungsmöglichkeiten Schritt für Schritt aufgezeigt werden. Umbaubeispiele zeigen, wie nicht verfügbare Pwg-Varianten aus vorhandenen Großserienmodellen entstehen. Zusätzliche Beiträge geben einen Überblick über lieferbare Pwg-Modelle in der Baugröße N und den anderen Modellmaßstäben. Das Paperback ist eine wertvolle Ergänzung zu den sechs Bänden der Buchserie »Güterwagen« aus dem gleichen Verlag.

Koks, Kohle & Öl - 100 Jahre RBH - von der königlichen Zechenbahn zur RBH Logistics GmbH

Von Norbert Tempel. 168 S. 225x295 mm, mehr als 300 farbige Abb., EUR 29,95. Klartext Verlag, 45329 Essen.

Anlässlich des 100. Jubiläums der Unternehmensgründung schildert dieses Buch die Geschichte der Gladbecker RBH Logistics GmbH und ihrer Vorgängerbetriebe, deren Tradition auf die 1913 gegründete Königliche Zechenbahn des preußischen Staatsbergbaus zurückgeht. Heute steht die Marke RBH für den flexiblen Ganzzugverkehr im Montan-, Chemie- und Mineralölbereich im gesamten deutschen Eisenbahnnetz und darüber hinaus. Entwicklung, Betrieb und Verkehr der über viele Jahrzehnte zu einem einheitlichen Netz zusammengewachsenen Zechenbahn- und Hafenbetriebe im Ruhrgebiet werden ebenso ausführlich dargestellt wie die Entwicklung des Fahrzeugparks bis heute. Bis zur Elektrifizierung 1968 war die damalige Hibernia-Zechenbahn eine Hochburg des Dampfbetriebs mit dem modernsten Maschinenpark in der deutschen Montanindustrie. Mit dem weltweit ersten serienmäßigen Einsatz von Drehstromlokomotiven mit elektronischer Leistungsübertragung im Jahr 1976 schrieb das Unternehmen Eisenbahngeschichte. Das Buch bietet einen beeindrucken Einblick in die Geschichte der Zechenbahnen im Ruhrgebiet. Die zahlreichen Abbildungen, die zum Teil bislang nicht veröffentlich worden sind, und die historischen Karten vermitteln ein farbiges Bild eines lebendigen Unternehmens. Das für alle Kleinbahn- und Werkbahnfreunde empfehlenswerte Werk ist mit großer Sorgfalt ausgestattet worden.

Militärtransporte
Alliierte, NVA und Bundeswehr auf Eisenbahn-Reisen

Von Norman Kampmann. 96 S. 235x165 mm, ca. 100 Abbildungen. EK-Verlag, 79115 Freiburg.

Ihr Einsatz ist ein gut gehütetes Geheimnis: Militärtransporte in Deutschland zu beobachten bedarf auch heute einer gehörigen Portion Glück. Der Bilderbogen dieses Bandes aus dem EK-Eisenbahn-Bildarchiv spannt sich von der unmittelbaren Nachkriegszeit in Deutschland 1945 über die ersten Transportfahrten der noch jungen Bundeswehr, den Abzug der Besatzungsmächte in Ost und West bis in die heutige Zeit nach der Bundeswehrreform. Es geht in diesem Bildband nicht um die Verwicklung der Eisenbahn in kriegerische Kampfhandlungen, sondern um den Transport von militärischem Ladegut, übrigens auch durch Privatbahnen. Dazu kann man die bundeswehreigenen Lokomotiven zählen, die in einem besonderen Kapitel vorgestellt werden. Es ist interessant zu sehen, wie das Material verladen wird, und man staunt über die zum Teil gewaltige Länge dieser Züge mit schwerstem Ladegut.

Wechselstrom-Zugbetrieb in Deutschland
Band 1: Durch das mitteldeutsche Braunkohlerevier 1900 bis 1947

Von Peter Glanert, Thomas Scherrans, Thomas Borbe und Ralph Lüderitz. 240 S. 160x230 mm, zahlreiche SW-Fotos, EUR 49,90. Oldenbourg Industrieverlag GmbH, 80636 München

Vor über 100 Jahren legten weitsichtige Techniker wie Gustav Wittfeld den Grundstein für den Aufbau des elektrischen Zugbetriebs mit Einphasen-Wechselstrom in Preußen. Das war der Beginn einer unvergleichlichen Erfolgsgeschichte. In diesem ersten Band der Buchreihe über den Wechselstrombetrieb in Deutschland wird die Pionierarbeit der ersten Jahre von der Finanzierung über die Inbetriebnahme erster Teststrecken bis zur schweren Wiederinbetriebnahme in den 1920er Jahren und die kurze Blütezeit in den 1930er Jahren beschrieben. Die Phase des Wiederaufbaus und die folgende Demontage nach dem Zweiten Weltkrieg schließen diesen Band ab.

Wechselstrom-Zugbetrieb in Deutschland: Band 2: Elektrisch in die schlesischen Berge 1911 bis 1945

Dieses Buch haben wir bereits in DIE KLEINBAHN Band 24 besprochen.

Wechselstrom-Zugbetrieb in Deutschland
Band 3: Die Deutsche Reichsbahn 1947 bis 1993
Teil 1: Die Deutsche Reichsbahn - 1947 bis 1960

Von Peter Glanert, Thomas Scherrans, Thomas Borbe und Ralph Lüderitz. 240 S. 160x230 mm, zahlreiche SW-Fotos, EUR 49,90. Oldenbourg Industrieverlag GmbH, 80636 München

Bereits 1947 beschäftigte sich die DR in der damaligen Sowjetischen Besatzungszone mit dem Gedanken zur Wiederelektrifizierung des ein Jahr zuvor demontierten elektrischen Streckennetzes. 1950 folgten konkrete Schritte, die in Verhandlungen mit der UdSSR und 1952 in einem Staatsvertrag endeten. Einen sofortigen Wiederaufbau des ehemaligen Demontagegutes verhinderten sowohl der desolate Zustand von Lokomotiven und Anlagen, als auch DDR-interne Streitereien über das zukünftig anzuwendende Bahnstromsystem. Trotzdem gelang es mit viel Engagement und Überzeugungsarbeit am 1. September 1955 den elektrischen Zugbetrieb wieder aufzunehmen. In diesem Band werden ausführlich die nach Kriegsende bei der AEG und den SSW verbliebenen Reparaturloks, Arbeiten der AEG für die Sowjetische Besatzungsmacht, die Vertragsverhandlungen mit der UdSSR und der mühsame Aufbau des Kraftwerkes, der Unterwerke, Fern- und Fahrleitungsanlagen beschrieben. Auch der Wiederaufbau des Raw Dessau und die dort durchgeführte Reparatur der aus der Sowjetunion wieder heimkehrenden Fahrzeuge werden gewürdigt. Die vorgenommenen Betrachtungen schließen um 1960 ab, zu der Zeit, als der Grundstock der Altbauelloks wieder aufgearbeitet und die ebenfalls beschriebenen Konstruktionsarbeiten für eine Neubauellok abgeschlossen waren. Den Büchern sind je eine CD mit Zusatzmaterial beigefügt, die PDF-Dateien mit Dokumenten, Zeichnungen und Fotos enthält, die nicht in den Bänden berücksichtigt worden sind. Diese Reihe in mehreren Bänden bietet einzigartige Technikgeschichte zur Elektrifizierung des Bahnbetriebs in Deutschland. Weitgehend chronologisch werden die Entwicklung der Triebfahrzeuge, der Bahnstromversorgungs- und der Fahrleitungsanlagen sowie des Werkstättenwesens im Zusammenhang mit den wirtschaftlichen, gesellschaftlichen und politischen Verhältnissen beschrieben. Die geschilderten Erprobungen bis hin zum Planbetrieb sind hochinteressant, was beispielsweise auch die Fahrleitung betrifft, die hier gebührend berücksichtigt wird, ist sie doch die grundlegende Einrichtung für den elektrischen Betrieb überhaupt. Auch durch viele historische Fotos wird klar, wie lang technisch der Weg bis zum heutigen ICE-Verkehr gewesen ist. Da man wohl voraussetzen kann, dass ein Kleinbahnfreund auch ganz allgemein am Eisenbahnwesen interessiert ist, bringe ich auf diese Bücher Literaturhinweise, auch wenn sie keine Kleinbahnbücher sind. Immerhin gilt es zu berücksichtigen, dass die heutigen Eisenbahn-Verkehrs-Unternehmen (EVU) einen Großteil ihres Güterverkehrs unter dem Fahrdraht durchführen. Und darüber hinaus sind es Bücher die fesseln, sobald man begonnen hat, sie zu lesen.

Preußische Dampfloks bei der Deutschen Reichsbahn Band 1: Die Baureihen 55^{0-6}, 55^{7-13}, 55^{16-22}, 55^{25-56}, 56^{1}, 56^{2-8} und 56^{20-29} (preußische $G7^{1}$,$G7^{1}$,G8,$G8^{1}$,$G8^{2}$ und $G8^{3}$)

Von Dirk Endisch. 240 S, 170x240 mm, 162 Tabellen, 7 Zeichnungen und 121 Abbildungen, EUR 30,00. Verlag Dir Endisch, 39576 Stendal.

Es würde den Rahmen dieses kurzen Literaturhinweise sprengen, wenn hier ausführlich auf die Geschichte der Baureihen 55 und 56 (ex preuß. G7 und G8) eingegangen würde. Nur soviel sei bemerkt, dass es sich um die meist gebauten Güterzugdampfloks in Deutschland handelt, von denen nach 1945 immerhin noch 550 Maschinen zur Deutschen Reichsbahn in der DDR gelangten. Das Buch beschreibt erstmals detailliert die Geschichte der Baureihen 55^{0-6}, 55^{7-13}, 55^{16-22}, 55^{25-56}, 56^{1}, 56^{2-8} und 56^{20-29} bei der DR. Neben der Entwicklung und der Technik der einzelnen Gattungen nimmt der Einsatz der Fahrzeuge bei der Reichsbahn einen breiten Raum ein. Zahlreiche Fotos, Zeichnungen und Tabellen ergänzen dieses ganz großartige Buch.

Lokporträt Baureihe 213

Von Normann Kampmann (Hrsg.). 96 S. 235 x165 mm, ca. 100 Abb. EUR 19,80. EK-Verlag, 79115 Freiburg.

Um den Dampflokverkehr auf ihren Steilstrecken beenden zu können, entschloss sich die Deutsche Bundesbahn in den 1960er Jahren dazu, aus dem letzten Baulos der V 100.20 zehn Lokomotiven zu entnehmen und mit zusätzlicher hydrodyamischer Bremse auszurüsten. Auf der Murgtalbahn bedeuteten die ab 1968 als Baureihe 213 geführten Loks das Ende des dortigen Steilstrecken-Dampfbetriebes. Ihr Einsatz bei der DB war von zahlreichen Umbeheimatungen geprägt. Auf den Nebenstrecken in den Mittelgebirgslandschaften von Rheinland-Pfalz und Hessen waren sie ebenso eingesetzt wie die Steilrampen hinauf zum Rennsteig im Thüringer Wald, wo sie auf ihre alten Tage die letzten 228 verdrängten. Durch ihre vielseitige Verwendbarkeit blieben alle Loks erhalten und sind heute bei DB- und anderen privaten Unternehmen in Betrieb. Deshalb ist das Buch auch für Kleinbahnfreunde ein interessanter Bildband aus der EK-Bibliothek »Eisenbahn-Bildarchiv«.

Eisenbahn-Kurier Special
Baureihe 218

EK-Redaktionsteam. 100 S. 210x290 mm, zahlreiche farbige Abb., EUR 11,80. EK-Verlag, 79115 Freiburg.

Die Dieselloks der Baureihe 218 stellen den technischen Höhepunkt der überaus erfolgreichen V 160-Familie der Deutschen Bundesbahn dar. Auch nach gut vier Einsatzjahrzehnten ist die 218 bei der DB AG bis heute unverzichtbar, auch wenn sich ihre Reihen in den letzten Jahren bereits deutlich gelichtet haben. Zwar sind die Einsätze der 218 bei DB Regio stark rückläufig, doch zahlreiche Maschinen haben dafür in anderen Bereichen neue Aufgaben gefunden, u.a. als ICE-Abschlepploks bei DB Fernverkehr, im Sylt-Shuttle-Verkehr von DB AutoZug, im bundesweiten Bauzugdienst und vieles mehr. Damit sind die Einsätze der 218 heute ausgesprochen vielfältig. In dieser Broschüre wird die aktuelle Situation der Baureihe 218 und die verschiedenen Einsatzgebiete der Lokomotiven im Jahresfahrplan 2013 beschrieben. Ein weiterer Themenschwerpunkt sind die technikgeschichtliche Entwicklung der Baureihe 218 sowie die in den Loks verwendeten Motorentypen. Viele interessante Farbfotos.

Eisenbahn-Journal Extra 2/2012
Baureihe 232

Von Dr. Franz Rittig und Manfred Weisbrod. 116 S. 210x290 mm, über 150 Abb., Video auf DVD mit 67 Minuten Laufzeit, EUR 15,00. VGB Verlagsgruppe Bahn, 82256 Fürstenfeldbruck

Die von der Deutschen Reichsbahn ab Beginn der 1970er-Jahre beschafften Großdiesellokomotiven der V 300-Familie erwiesen sich lange Zeit als unverwüstlich. Den Löwenanteil unter den aus der Sowjetunion importierten Loks machten die 709 Maschinen der Baureihe 132 aus, von denen noch heute etliche Exemplare unter den Baureihenbezeichnungen 232, 233 und 241 von der DB AG sowie bei Privatbahnen eingesetzt werden. Sie stehen im Mittelpunkt dieser Broschüre, aber auch die längst ausgemusterten Lokomotiven der Baureihen 130, 131 und 142 werden vorgestellt. Ein Kapitel über die farbenfrohen Vertreter bei Privatbahnen sowie eine Einzelaufstellung aller Loks der V 300-Familie der Deutschen Reichsbahn schließen das Thema ab. Dieses neu erarbeitete und mit unveröffentlichtem Bildmaterial reich illustrierte Sonderausgabe gibt auch Antwort auf die Frage, warum diese Lokomotivkonstruktion ein Dienstalter von fünf Jahrzehnten erreichen könnte. Die beigefügte DVD zeigt den Einsatz dieser Loks vor schweren Güterzügen im nordrhein-westfälischen Industrierevier. Nebenbei erfährt der Betrachter auch zahlreiche spannende Einzelheiten aus dem Güterverkehrsalltag der DB AG, beispielsweise die Entladung eines Erzzuges oder den Übergabeverkehr mit Werksbahnen.

Die LOWA-Straßenbahnwagen der Typen ET 50/54 und EB 50/54

Von Peter Kalbe, Frank Möller und Volker Vondran. 176 S. 170x240 mm, 23 Tabellen, 244 Abbildungen und 13 Zeichnungen, EUR 28,50. Verlag Dirk Endisch 39576 Stendal.

Nach dem Zweiten Weltkrieg benötigten die Verkehrsbetriebe in der sowjetischen Besatzungszone dringend neue Fahrzeuge. Unter Federführung der im April 1949 gegründeten Vereinigung Volkseigener Betriebe Lokomotiv- und Waggonbau (VVB LOWA) begannen die Vorarbeiten für einen Einheitstyp, von dem ein zweiachsiger Trieb- und Bei-wagen, ein dreiachsiger Beiwagen und ein vierachsiger Großraumzug entwickelt wurden. Lediglich die zweiachsigen Trieb- und Beiwagen wurden in Serie produziert. Die so genannten »LOWA-Wagen« wurden auch in die Volksrepublik Polen und in die Sowjetunion exportiert. Mit der Ausgliederung des VEB Waggonbau Werdau aus dem VVB LOWA und dessen Übernahme durch den Erzeugnisverband Kraftverkehr (IFA) 1952 endete ein Jahr später die Produktion von Straßenbahnwagen in Werdau. Die weitere Fertigung erfolgte bis 1956 durch den VEB Waggonbau Gotha. Die letzten LOWA-Wagen waren in Brandenburg, Gera und Rostock bis Anfang der 1990er-Jahre im Einsatz. Das Buch beschreibt erstmals Entwicklung, Technik und Betrieb der LOWA-Wagen. Die zahlreichen Abbildungen, Zeichnungen und Tabellen sind eine beispielhafte Wissensquelle für jeden Straßenbahnfreund.

Kindheitstraum auf kleinem Raum
Von Bruno Kaiser und HaJo Wolf. 92 S. 210x295 mm, ca. 140 Abbildungen, EUR 13,70. VGB Verlagsgruppe Bahn, 82256 Fürstenfeldbruck.
Welcher (angehende) Modellbahner träumt nicht von einer mit viel Fahrmöglichkeiten ausgestatteten Anlage, und das alles eingebettet in eine großzügige Landschaft und auf weniger als sechs Quadratmetern in einem durchschnittlichen Kellerraum? Die Autoren haben das mit »Weyersbühl« geschaffen. Die heile, kleine Welt ist Ermutigung und Plädoyer für alle Modellbahner, die sich ihren eigenen Traum erfüllen wollen, ohne Schieblehre und Lupe, aber dennoch »naturgetreu« und vorbildgemäß. Gute Fotos zeigen eine harmonische H0-Welt voller liebevoll gestalteter Szenen und faszinierender Details, und nebenbei beschreiben die beiden Autoren höchst anschaulich und mit zahlreichen praktischen Tipps gewürzt, wie eine Idee zum Plan und der Plan schließlich zum realisierten »Kindheitstraum« wurde. Die großartige Anlagenbaubeschreibung erschien in der MIBA als Fortsetzungsserie und liegt nun auch kompakt in einem »Super Anlagen«-Heft vor. Das ist was, um auf den Nachttisch gelegt zu werden.

Betriebs-Anlagen variabel geplant
Modellbahn-Entwürfe nach konkreten Vorbildern
Von Manfred und Ingrid Peter. 116 S. 210x295 mm mit über 70 Anlagen- und Bahnhofsplänen, 95 Zeichnungen und Skizzen sowie mehr als 150 Fotos, EUR 15,00. VGB Verlagsgruppe Bahn, 82256 Fürstenfeldbruck.
Die neue Planungshilfe der MIBA-Redaktion bietet eine Sammlung von Modellbahnvorschlägen, die auf ganz konkreten Vorbildbahnhöfen und Betriebsabläufen basieren. Die meisten Anlagenentwürfe wurden auch in drei, vier oder fünf Alternativen ausgearbeitet, so dass sich die Pläne den individuellen Platzverhältnissen eines Hobbyraums bestens anpassen lassen. Das modulare Planungskonzept ermöglicht die Kombination von unterschiedlichen Bahnhofstypen. Sämtliche Anlagenpläne lassen sich prinzipiell mit allen Gleissystemen in allen gängigen Spurweiten aufbauen. Zu einer betriebsorientierten Planung gehören aber auch ganz praktische Informationen, etwa zum Aufbau von Abstellbahnhöfen, denen ein ausführliches Kapitel gewidmet ist, zur Realisierung von Übergangsbögen sowie zu Platzbedarf, Radien und Zuglängen bei unterschiedlichen Baugrößen. Die zahlreichen Pläne, Zeichnungen, Skizzen und Fotos sorgen für eine ebenso anschauliche wie nachvollziehbare Illustrierung. Auch für Privat- und Schmalspurmodellbahner ist etwas dabei. In diesem interessanten Heft wird auf neue Art und Weise an die Planung von Modellbahnanlagen herangegangen, wobei auch Vergleiche mit Vorbildsituationen nicht fehlen.

MIBA Spezial 98: Planung mit Perspektiven
Chefredakteur: Martin Knaden. 108 S. 210x295 mm, über 180 Abbildungen, EUR 10,00. VGB Verlagsgruppe Bahn, 82256 Fürstenfeldbruck.
Die Zeitschrift MIBA hat stets dafür geworben, dass Modellbahnanlagen nicht in Form eines Rechteckes, sondern an der Wand entlang gebaut werden. Solche »AdW«-Anlagen« haben gegenüber den Konzepten auf der althergebrachten 1x2-Meter-Platte viele Vorteile: Bahnhof und Strecke lassen sich optisch bequem trennen, die Fahrzeiten werden länger und der Betrieb sinnvoller. Wer sich den Luxus leisten kann, in einem Raum alle Wände zu belegen, baut also AdW und ist fein raus. Was jedoch, wenn soviel Platz nicht zur Verfügung steht oder die Wände schon anderweitig genutzt werden? Muss die Modellbahn für alle Zeiten im Oval kreisen? Keineswegs! Im vorliegenden Heft hat man sich pfiffige Lösungen einfallen lassen, wie sich durch den Einsatz von Mittelkulissen aus in den Raum hineinragenden Modellbahnen sozusagen zwei AdW-Anlagen zaubern lassen. Doch damit nicht genug. In zahlreichen weiteren Entwürfen finden sich Anregungen für die Gestaltung von Modellbahnen, teils sogar in mehreren Varianten, sodass sich der Anlagenplan unterschiedlichen Platzverhältnisse anpassen lässt. Wer vor dem Bau einer (neuen) Anlage steht, sollte sich die zahlreichen innovativen Ideen und raffinierten Lösungen in diesem MIBA-Spezial 98 nicht entgehen lassen. Und Kleinbahnfreunde kommen mit »Abzweig in der Heide« (OHE) voll auf ihre Kosten.

MIBA-Modellbahn-Praxis 1/2013
Kleine Anlage von A bis Z
Von Thomas Mauer. 84 S, 210x295 mm, über 280 Abbildungen, EUR 10,00. VGB Verlagsgruppe Bahn, 82256 Fürstenfeldbruck.
In diesem Heft wird nicht das Entstehen einer ganzen Anlage geschildert, vielmehr wird ein Landbahnhof authentisch und detailliert gebaut. Der Autor hat ein Projekt realisiert, das alle dies Kriterien erfüllt. Von A wie »Authentisch« bis Z wie »Zugzusammenstellung« wurde das Vorbild eines kleinen ländlichen Bahnhofs nach Vorbild in der Eifel und seinen Betrieb in das Modell umgesetzt. Trotz der geringen Abmessungen der Anlage kommt auch die Einzelheiten nicht zu kurz: Ein Holzlagerplatz, eine Laderampe, eine Brücke, eine Straße, ein Gewässer. Dass die Ausstattung kein Hexenwerk ist, beweisen die zahlreichen Schritt-für-Schritt-Fotos aus der Entstehungsphase des Bahnhofdioramas. Es ist ein Leitfaden vom Praktiker für Praktiker, der jedem Modellbahner Lust auf eigene Projekte macht.

La Pratique du modélisme ferroviaire
Tome 3: 24 plans de réseaux inédits
Le Train - Modellbahnpraxis
Band 3: 24 bislang nicht veröffentlichte Anlagenpläne
Von Pierre Lherbon. 100 S. 210x290 mm, zahlreiche Abbildungen, ca. EUR 20,00. Editions Publitrains eurl, 67660 Betschdorf/Frankreich (man spricht deutsch).
Auch wenn man die französische Sprache nicht beherrscht, so kann man dieses Heft trotzdem genießen. Es besteht aus 24 Anlagenvorschlägen, die jeweils aus zwei Gleisplänen bestehen - einmal als reiner Gleisplan mit Gleisbestellnummern und zum anderen aus einem vierfarbigen Gleisplan mit Landschaftsdarstellung. Hinzu kommen Modellbahn- und (hier und da) Vorbildfotos sowie Tabellen über Maße, Gleistückbedarf (ROCO, weil in Frankreich weit verbreitet) und die verwendeten Gebäudebausätze. Auch wenn man zunächst keine Anlage bauen möchte, so ist das Heft in jedem Fall eine anregende Lektüre für Ohrensesselmodellbahner.

Starke Loks und schwere Züge
Von Klaus Eckert. 112 S. 240x290 cm, Hardcovereinband, mit über 300 Fotos, EUR 199,95. VGB Verlagsgruppe Bahn, 82256 Fürstenfeldbruck.
Die Güterbahn in Vorbild und Modell will dieses Buch beschreiben, aber tatsächlich geht es neben Vorbilddarstellungen überwiegend um den Güterverkehr auf der Modellbahn. Der Modellbahner lernt die unterschiedlichen Fahrzeugtypen kennen, die bei der Güterbahn unterwegs waren und sind. Dabei erfährt er auch, wie die Güterwaggons im Modell vorbildgetreu modifiziert und beladen werden können. Einige der Themen: Kleine Braune - ge-

deckte Güterwagen; Oben offen - Hochbordwagen für viele Güter; Jetzt kesselt es - Mineralölkessel-, Gaskessel- und Schlemmkreidewagen; Gut Holz - Schnittholz, Bretter und Rundlinge; Alles Schrott - Ladegut Alteisen und Bau eines Schrottplatzes; Bunte Kisten - Von Containern und anderen Behältern; Richtig Rangieren - Unterwegs mit der V 90; Klassische Fahrzeuge - Loks und Wagen von einst. Großformatige Modellaufnahmen und zahlreiche Schritt-für-Schritt-Fotos zeigen den Weg zur perfekten Umsetzung des Güterverkehrs auf der heimischen Modellbahnanlage. Das Buch ist eine gelungene Zusammenfassung des Güterverkehrs bei der Modelleisenbahn mit der Erkenntnis: Dies und jenes könnte ich ja auch bei mir mal machen.

MIBA-Jahrbuch 2013

CD-ROM. EUR 15,00. Verlagsgruppe Bahn, 82256 Fürstenfeldbruck.

Dieser digitale Informations- und Wissensspeicher enthält alle MIBA-Ausgaben des Jahrgangs 2013, als da sind 12 Ausgaben »MIBA-Miniaturbahnen«, die komplette »MIBA-Messeausgabe 2013« sowie die vier »MIBA-Spezial« 95 bis 98 (»Modellbahn vorbildlich färben«, »Bauten der Bahn«, »Tipps und Tricks« und »Planung mit Perspektiven«). Hinzu kommt das MIBA-Gesamtinhaltsverzeichnis 1948 bis 2013 sowie alle notwendigen Such- und Druckoptionen.

MIBA-Messeheft 2014

164 S. 210x280mm, 695 Fotos, EUR 12,00. VGB Verlagsgruppe Bahn, 82256 Fürstenfeldbruck.

Für das Sonderheft mit den Modellbahn-Neuheiten der Spielwarenmesse in Nürnberg besuchte die MIBA-Redaktion 215 Firmen und machte 630 Fotos von den angekündigten Modellen und auch von den schönsten Messeanlagen. Im Anhang findet sich eine komplette Herstellerübersicht mit allen Kontaktdaten. Wie jedes Jahr zuvor ist das MIBA-Messesonderheft auch 2014 die absolute Spitze.

Lust auf Landschaft

Von Klaus Eckert. 112 S. 210x290 mm mit über 300 Fotos, EUR 19,95. VGB Verlagsgruppe Bahn, 82256 Fürstenfeldbruck.

Das hartgebundene Buch beschreibt das Entstehen einer Märklin-Anlage vom Gleisbau bis zur PC-Steuerung in einem kompakten und reichillustrierten Praxisratgeber. Wenn die Planung abgeschlossen ist, ein Gleisplan entworfen wurde und der Unterbau steht, geht es mit großem Elan an die praktische Anlagengestaltung. Die Gleise werden verlegt und das Gleisumfeld gestaltet. Dann folgt eine der Lieblingsbeschäftigung vieler Anlagenbauer - der Landschaftsbau. Felsen und Tunnels entstehen und eine gemauerte Brücke führt über einen kleinen See. Eigene Kapitel befassen sich mit Gleisbau und das mechanische Stellwerk, einer Paradestrecke für Paradezüge, von der Stadt aufs Land, Gewässergestaltung, Begrünen und Begrasen. ein Schattenbahnhof als Parkplatz für Züge sowie Fahren und Schalten und die Steuerung mit dem PC. Im Mittelpunkt der Märklin-Anlage steht ein mittelgroßer Bahnhof, der abwechslungsreichen Betrieb garantiert. Viele Abstellgleise sorgen für reichlich Rangierfahrten. Zahlreiche »Schritt-für Schritt«-Fotos zeigen den Baufortschritt bei den einzelnen Gewerken, die bis zum Häuserfassadenbau und deren Innenbeleuchtung gehen.

Modellbahn-Anlagen perfekt bauen

224 S. 210x280 mm, Hardcover, ca. 500 farbige Abb., EUR 14,99. Weltbild-Lizenzausgabe der VGB Verlagsgruppe Bahn, 82256 Fürstenfeldbruck.

Dieses Buch ist eine Zusammenfassung von Fachartikeln, die in den VGB-Zeitschriften erschienen sind. Es bietet Anfängern und fortgeschrittenen Modellbahnern umfassendes Wissen. Mit verständlichen Texten und vielen Fotos geben zahlreiche Fachleute praxisnahe Hilfestellung, beginnend bei Grundlagenwissen zu Baugröße, Maßstab und Spurweite bis hin zur Detailgestaltung. Da geht es von Gleisplänen über Rahmen- und Plattenbau, Gleise und Weichen verlegen, Felsen und Gips bis zur Begrünung der Anlage. Einleitende Kapitel befassen sich mit Messen und Markieren, Schneiden und Sägen, Schleifen und Feilen bis hin zu Klebstoffen. Als Nachschlagewerk beim Anlagenbau gut zu gebrauchen.

MIBA-Extra-Ausgabe 1/2014
Modellbahn digital

Chefredakteur: Martin Knaden. 116 S. 210x295 mm, mehr als 250 Abbildungen, inkl. Begleit-DVD-ROM, EUR 12,00. VGB Verlagsgruppe Bahn, 82256 Fürstenfeldbruck.

Die 14. Ausgabe der MIBA-EXTRA »Modellbahn digital« vermittelt in einem Schwerpunkt mit zahlreichen Artikeln grundlegendes Wissen rund um die Themen Digitalzentralen und ihre Steuerbusse, Fahren und Schalten, Fahrstrombooster sowie Melden mithilfe verschiedener Möglichkeiten. Das Melden der Lokadressen mittels mfx oder RailCom kommt ebenfalls zur Sprache. Des Weiteren wird das Thema PC-Steuerung behandelt, die Funktionsweise von Lokdecodern erklärt und was mit den modernen Schnittstellen in Loks möglich ist. Zwei Beiträge über Modellbahnlagen bieten praktische Tipps von der Auswahl der Steuerung bis hin zur betriebsfertigen Anlage. Das Thema Pendelzugsteuerung mit der ABC-Technik von Lenz kommt ebenso zur Sprache wie der Einbau von Decodern in Lokomotiven und Steuerwagen. Schritt für Schritt werden auch Grundlagen vermittelt, wie man Mikroprozessoren auf einfache Weise nutzen kann - vom Steuern von Lauf- und Blinklichtern bis hin zur DCC-Steuerung. Ein Großteil dieses Artikels, alle Schaltungen und die erforderlichen Programme sind auf der beiliegenden DVD-ROM zu finden. Die DVD-ROM wartet mit aktuellen Softwareprogrammen als Demo-Version, Free- oder Shareware zum Ausprobieren auf. Zwei Videos beschäftigen sich mit H0-Anlagen, die mit einem PC bzw. mit ROCOs Digitalzentrale Z21 gesteuert wird. Das digitale Sonderheft der MIBA wird nun schon seit Jahren immer sehnlichst erwartet. Es enttäuscht auch diesmal nicht.

Modellbahn-Kurier 43
Digital 2014

Redakteur: Ralph Zinngrebe. 92 S. 210x240 mm, zahlreiche farbige Fotos und Bildschirmfotos, EUR 11,50. EK-Verlag, 79115 Freiburg.

Die Digitaltechnik hat sich in den letzten Jahren rasant entwickelt. Längst geht es nicht mehr nur um Zentralen und Decoder, um Fahren und Schalten. Die Anlagensteuerung via iPhone/SmartPhone bzw. iPad/Tablet-PC gehört ebenso zum Repertoire wie eine der Realität entsprechende Signalisierung mit komplexen Signalbildern oder die Bedienung über virtuelle Lokführerstände. Damit einher gehen immer vorbildgerechtere Betriebsabläufe, mit denen sich der Spielwert der Modellbahn noch weiter steigern lässt. Vorgestellt werden in diesem Heft digitale Startsets, die mit einer Zentrale gesteuerten 55 Module des H0-Modellbahnclubs Pinneberg, Märklins Central Station 2 im Clubeinsatz, Signalbilder im digitalen Modellbahnbetrieb, das einfache Programmieren von Qrail-Signaldecodern und andere Themen mehr. Wie schon in den vergangenen Jahren ist auch »Digital 2014« fachlich sorgfältig redigiert, verständlich zu lesen und geradezu vorbildlich illustriert.

Digitale Modellbahn 1/2014

MIBA-Redaktionsteam. 84 S. 210x295 mm mit mehr als 150 Abbildungen, Zeichnungen und Tabellen. EUR 8,00 .

Fahrzeuge auf Schmalspurgleisen im Harz

Von Jürgen Steimecke

144 Seiten 170x240 mm, 233 Farb- und 44 SW-Fotos, EUR 24,50 (D) plus Porto EUR 1,40 (D).
In den letzten Jahren wurde in der Literatur das Thema »Schmalspurbahnen im Harz« in verschiedenen Publikationen und in unterschiedlichen Variationen behandelt. Mit diesem Buch wird der Versuch unternommen, den interessierten Schmalspurbahnfreunden und auch den Touristen die Vielzahl der noch heute vorhandenen Schienenfahrzeuge auf den Schmalspurgleisen im Harz näher zu bringen. Die zahlreichen Lokomotiven, Triebwagen, Personenwagen, Güterwagen und Dienstfahrzeuge werden jeweils zusammengefasst nach Baureihe bez. Typ mit kurzen Texten beschrieben. Schwerpunkt des Buches ist jedoch die Vorstellung vieler Fahrzeuge durch 233 Farb- und 44 Schwarzweißbilder. Mit diesem Werk hat Jürgen Steimecke ein informatives Kompendium über die Fahrzeuge bei den heutigen schmalspurigen Bahnen im Harz geschaffen.

Postanschrift: Postfach 14 07, 38504 Gifhorn
Hausanschrift: Hindenburgstr. 15, 38518 Gifhorn
Telefon: (0 53 71) 35 42 • Telefax: (0 53 71) 1 51 14
E-Mail: webmaster@zeunert.de • Internet: www.zeunert.de
Ust-ID: DE115235456

VGB Verlagsgruppe Bahn, 82256 Fürstenfeldbruck.
Zeitschriften werden in unseren Literaturhinweisen normalerweise nicht berücksichtigt, trotzdem sei hier auf eine Ausgabe dieser Spezialpublikation hingewiesen. Viele Modellbahnanlagen beherbergen ein Bahnbetriebswerk. In einem Dampf-Bw mit Rundschuppen ist die Drehscheibe der Dreh-und Angelpunkt allen Geschehens. Die Integration einer Drehscheibe in eine Digitalsteuerung ist mit einem passenden Decoder kein großes Problem. Welcher Hersteller hier was produziert und welche Möglichkeiten man geboten bekommt, aber auch, was der Markt aktuell an Drehscheiben (und Schiebe- und Segmentbühnen) hergibt und welche Steuergeräte mitgeliefert werden, wird in einer Marktübersicht vorgestellt. Zugleich werden die unterschiedlichen Antriebskonzepte untersucht. Das dürfte von großem Allgemeininteresse sein.

Profiwissen Digitale Modellbahn
Lektorat: Gerhard Peter und Rainer Ippen. 208 S. 180x260 mm, ca. 300 farbige Abbildungen, mit DVD-ROM, EUR 24,00. HEEL-Verlag-Lizenzausgabe der VGB Verlagsgruppe Bahn, 82256 Fürstenfeldbruck.
Steuerung, Konfiguration und Troubleshooting beim Digitalbetrieb wird in dieser Artikel-Zusammenfassung geboten: Fahrzeuge digitalisieren, Decoder programmieren, Beleuchtung, Automatisierung, Anlagenpraxis, Elektronik sowie Tipps und Tricks sind die Kapitel, in denen Beiträge zu Einzelthemen zu finden sind.
Die DVD bietet u.a. Programmierbeispiele, vier Ausgaben »Digitale Modellbahn 2011« und »MIBA extra digital 13« jeweils im PDF-Format. Gut als Nachschlagewerk, wenn es digital mal »klemmt« oder man sich neuen digitalen Taten zuwenden will.

Videos von Eisenbahnen

Die Faszination der Erzbergbahn
Video. Produktion Suder Film Production. Laufzeit ca. 60 Minuten. EK-Verlag, 79115 Freiburg.
Im September 1891 wurde die legendäre, regelspurige steirische Erzbergbahn als Zahnradbahn eröffnet. Bis 1978 wurde sie mit Dampflokomotiven betrieben. Die Zahnstange wurde inzwischen abgebaut, und seit 1988 sind die Erztransporte durch die ÖBB eingestellt. Im Video fährt ein ehemaliger Dampflokführer mit einem Uerdinger Schienenbus die Strecke entlang und erzählt dabei vieles über den Betrieb, die Fahrzeuge und die Besonderheiten dieser Hochgebirgsbahn. Parallel dazu werden teilweise bislang unveröffentlichte, historische Filmaufnahmen vom Dampfbetrieb und auch etwas über den späteren Einsatz von Dieselloks und Schienenbussen gezeigt. Es ist unglaublich, was Mensch und Maschine bei der Abfuhr des Eisenerzes mitten im Hochgebirge einst geleistet haben. Durch seine atemberaubenden Filmaufnahmen vom Zahnraddampfbetrieb zählt dieses Video mit zu den besten seiner Gattung.
NOHAB - die legendären »Rundnasen«
RioGrande Video der JS-Filmproduktion, ca. 57 Minuten Laufzeit, EUR 16,95. VLB Verlagsgruppe Bahn, 82256 Fürstenfeldbruck.
Die Erfolgsgeschichte der NOHAB-Dieselloks begann 1954 in Dänemark mit der Indienststellung der ersten vier Maschinen. Über vier Jahrzehnte wurden die kultigen »Rundnasen« aber nicht nur von der Dänischen Staatsbahn {DSB} eingesetzt, sondern auch in Norwegen (auf 700 km Strecke bis hinauf zum Polarkreis), Belgien, Luxemburg und Ungarn. Anschließend verdienten sich etliche Exemplare der robusten Oldtimer bei skandinavischen Privatbahnen ihr Gnadenbrot und waren auch auf bei deutschen EVU anzutreffen. Manch einem Betrachter dieses Films wird es überraschen, welche Bedeutung in der technischen Entwicklung der Diesellok diese NOHAB gehabt haben. Das Geheimnis ihres Erfolges lag in ihrem langsam laufenden Zweitaktmotor amerikanischer Herkunft. Das alles erfährt man aus diesem hervorragenden Video, das hochinteressantes Filmmaterial bietet und ein spannend anzusehendes Porträt dieser teilweise noch immer lebenden Diesellokfossils ist.
Militärzüge - Einst & Jetzt
DVD, Produktion CFT-Video. Laufzeit ca. 58 Minuten, EUR 16,80. EK-Verlag, 79115 Freiburg.
Spielte die Eisenbahn im deutsch-französischen Krieg 1870/71 noch eine kleine Rolle, ist sie im Ersten Weltkrieg zum strategischen Transportmittel geworden. Truppen und Nachschub rollten auf der Schiene an die Front, wobei die Beladung eines gefilmten Zuges aus Pferdeprotzen von Geschützen und lediglich nur einem einzigen Lastkraftwagen bestand.
Im Zweiten Weltkrieg war die Eisenbahn von Anfang an das Transportmittel für Soldaten sowie leichtes und schweres Kriegsgerät. Zu sehen sind Dampfloks in den weiten Russlands und schwer arbeitende 44er, 50er und 52er vor Militärzügen aller Art.
Die Filme aus der Nachkriegszeit zeigen den Militärzugbetrieb im zweigeteilten Nachkriegsdeutschland. Da gibt es einem Propagandafilm der DDR-Volksarmee, bei der sich Panzer mitten im Wald auf Flachwagen mit eigenem Antrieb drehen und sich dann vom Waggon hinunterrollend quasi in das Gelände fallen lassen. Von der heutigen Deutschen Bundeswehr wird die schon rein technisch interessante Beladung und die Fahrt eines Panzerzuges gezeigt, der gleich mit zwei Maschinen der Baureihe 232 befördert werden musste. Das Video ist eine vielseitige gemachte Dokumentation über bislang kaum gezeigte Transporte der Eisenbahn.
Die Baureihe 225
Wiedergeburt der legendären 215
DVD-Video. Laufzeit ca. 75 Minuten, EUR 16,95. VGB Verlagsgruppe Bahn, 82256 Fürstenfeldbruck
Die Dieselloks der Baureihe 215 leitetet ab 1968 das endgültige Ende für den Dampfbetrieb bei der Deutschen Bundesbahn ein. Sie bewährten sich jahrzehntelang vor allem im Personen- und Eilzugdienst. Ab 2001 baute die DB AG 68 Maschinen des damals schon über 30 Jahre alten Typs für den Einsatz vor Güterzügen zur BR 225 um. Dabei verloren die markanten 215 ihre Dampfheizung.
Auch in ihrem neuen Aufgabengebiet verkehrten sie als zuverlässige Loks mit Einsatzschwerpunkten rund um Mühldorf (Bayern), Gießen, Köln-Gremberg und Oberhausen-Osterfeld.
Inzwischen haben sich die Reihen gelichtet, und die letzte Maschine wird in absehbarer Zeit ausgemustert werden. Der Freund des Güterverkehrs kommt mit diesem Video voll auf seine Kosten. Es ist lebendig und spannend geschnitten und bietet filmische Szenen von den Loks in Einfach- oder Doppeltraktion in verschiedenen deutschen Landschaften und unterschiedlichen Einsatzgebieten. Das ist eine DVD, die man gern empfiehlt.